F

Deseo™

Aventura secreta

MAYA BANKS

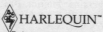

HARLEQUIN™

Editado por HARLEQUIN IBÉRICA, S.A.
Núñez de Balboa, 56
28001 Madrid

I.S.B.N.: 978-84-671-7978-1
Depósito legal: B-11014-2010
Editor responsable: Luis Pugni
Preimpresión y fotomecánica: M.T. Color & Diseño, S.L.
C/ Colquide, 6 portal 2 - 3º H. 28230 Las Rozas (Madrid)
Impresión y encuadernación: LITOGRAFÍA ROSÉS, S.A.
C/ Energía, 11. 08850 Gavá (Barcelona)
Fecha impresion para Argentina: 8.11.10
Distribuidor exclusivo para España: LOGISTA
Distribuidor para México: CODIPLYRSA
Distribuidores para Argentina: interior, BERTRAN, S.A.C. Vélez
Sársfield, 1950. Cap. Fed./ Buenos Aires y Gran Buenos Aires,
VACCARO SÁNCHEZ y Cía, S.A.
Distribuidor para Chile: DISTRIBUIDORA ALFA, S.A.

Prólogo

Jewel Henley estaba tumbada en la cama del hospital con una mano aferrada al móvil y la otra enjugándose unas ardientes lágrimas. Tenía que llamarle. No había otra elección.

¿Cómo reaccionaría Piers? ¿Le importaría siquiera?

Sólo había una manera de averiguarlo. Pulsó la tecla de llamada pero, casi de inmediato, colgó.

–¿Qué tal está hoy, señorita Henley? –sus pensamientos fueron interrumpidos por la enfermera.

–Bien –susurró débilmente Jewel.

–¿Ya lo ha organizado todo?

Jewel tragó saliva, pero no contestó.

–Sabe muy bien que el doctor no la dejará marchar hasta que tenga a alguien que le cuide mientras guarda reposo en cama –la enfermera la miró con reprobación.

–Estaba a punto de hacer una llamada –un suspiro se escapó de labios de la joven.

–Bien –asintió la enfermera–. En cuanto termine, la dejaré sola.

Tras respirar hondo, Jewel miró la pantalla del móvil y volvió a pulsar la tecla de llamada.

–Anetakis.

Ella sintió que se le escapaban las fuerzas.

–¿Quién es? –insistió la voz.

Jewel colgó. No podía. Tenía que encontrar otro modo que no incluyera a Piers Anetakis.

Antes de poder reflexionar sobre ello, el teléfono que aún tenía en la mano empezó a vibrar. Descolgó automáticamente, sin darse cuenta de que era él que le devolvía la llamada.

–Sé que estás ahí –rugió él–. ¿Quién demonios eres y por qué tienes mi número?

–Lo siento –susurró ella–. No debería haberte molestado.

–Un momento –dijo él antes de una larga pausa–. Jewel, ¿eres tú?

Habían pasado cinco meses. Jamás pensó que la reconocería. ¿Cómo era posible?

–Pues… sí –balbuceó ella al fin.

–Gracias a Dios –murmuró él–. Te he estado buscando por todas partes. Sólo una maldita mujer desaparecería así de la faz de la tierra.

–¿Qué?

–¿Dónde estás?

Ambas preguntas se produjeron simultáneamente.

–Yo primero –ordenó él–. ¿Dónde estás? ¿Estás bien?

–Estoy en el hospital –dijo ella tras recuperarse de la impresión.

–*Theos* –dijo él junto a unas palabras en griego que ella no comprendió.

–¿Dónde? ¿En qué hospital? Dímelo.

Completamente aturdida ante el giro que tomaba la conversación, le dio el nombre del hospital.

–Llegaré en cuanto pueda –dijo él sin darle tiempo de contestar antes de colgar.

4

Con manos temblorosas, Jewel dejó el teléfono a un lado antes de abrazar la barriga con las manos. De repente se dio cuenta de que no le había dado la noticia más importante. El motivo de la llamada. No le había dicho que estaba embarazada.

Capítulo Uno

Cinco meses antes…

Jewel se paró frente al bar y contempló el suelo cubierto de arena bajo las llameantes antorchas que bordeaban el camino que conducía a la playa.

Había llegado a aquella paradisíaca isla por casualidad. Un asiento libre en un avión, un billete barato y cinco minutos para decidir. Y allí estaba.

Lo primero que había hecho había sido buscar un trabajo y la suerte había querido que el propietario del lujoso hotel Anetakis fuera a residir temporalmente allí y necesitara una ayudante. Cuatro semanas. El tiempo perfecto para vivir en el paraíso antes de seguir su camino.

—¿Vas a entrar o has decidido pasar esta preciosa noche aquí fuera?

La masculina voz con un ligero acento le acarició los oídos. Se volvió y tuvo que mirar hacia arriba para encontrar la fuente de las roncas palabras.

Sus miradas se fundieron y el estómago se le agarrotó y, por un momento, no pudo respirar.

Ese hombre no sólo era guapo. Había muchos hombres guapos en el mundo, y ella había conocido a unos cuantos. Ése, en concreto, era… potente. Un depredador disfrazado de cordero. Reflejaban un claro interés.

Le devolvió la mirada, incapaz de despegarse de la fuerza de los masculinos ojos. Negros como la noche.

Su pelo era oscuro y su piel brillaba tostada bajo la suave luz de las antorchas.

Tenía la mandíbula cuadrada y un aire de fortaleza que reflejaba arrogancia, algo que siempre le había atraído en los hombres. Durante largo rato él se la quedó mirando antes de sonreír.

—Una mujer de pocas palabras por lo que veo.

—Estaba decidiendo si salir o no —ella se sacudió mentalmente.

—Si te quedas dentro, no podré invitarte a una copa —él enarcó una ceja, en un gesto de desafío.

Jewel ladeó la cabeza y sonrió tímidamente. La atracción sexual no era una sensación nueva para ella, pero no recordaba haberse sentido tan atraída, tan pronto, por ningún hombre.

¿Debería acceder a la silenciosa invitación que reflejaba la mirada de aquel hombre? Cierto que sólo le había invitado a una copa, pero era evidente que deseaba algo más.

¿Qué daño podría hacerle una sola noche? Normalmente, elegía a sus parejas con sumo cuidado. Y hacía más de dos años que no había tenido ningún amante. Sencillamente nadie le había interesado lo suficiente hasta la aparición de ese extraño de ojos oscuros, sensual sonrisa y burlona arrogancia. Decididamente lo deseaba.

—¿Estás aquí de vacaciones? —preguntó ella.

—Algo así —él sonrió casi imperceptiblemente.

La joven sintió un gran alivio. No. Una noche no le haría ningún daño. Él volvería a su vida y ella, con el tiempo, se marcharía a otro lugar y sus caminos jamás volverían a cruzarse.

—Una copa estaría bien —accedió ella al fin.

Los ojos de él emitieron un destello, casi depredador,

antes de sujetarla por el codo y acariciarle sutilmente el brazo con los dedos de la mano mientras la conducía desde la entrada del hotel hasta la oscuridad de la noche. A su alrededor, las llamas de las antorchas bailaban al ritmo del jazz. La brisa marina se enredó entre los cabellos de la joven que aspiró profundamente el aire.

—Antes de tomar esa copa, bailemos —le susurró él al oído y, sin esperar respuesta, la tomó en sus brazos y la acercó contra su cuerpo.

Encajaban a la perfección, hasta el punto de que ella no supo dónde acababa su cuerpo y dónde empezaba el de él.

La mejilla del hombre se apoyaba en la cabeza de ella y sus brazos la rodeaban protectores, fuertes. Ella le correspondió rodeándole el cuello con sus delicados brazos.

—Eres hermosa —susurró él en un tono dulce como la miel.

—Tú también —respondió ella.

—¿Hermoso? ¿Yo? —él rió en voz baja—. No sé si debo sentirme halagado u ofendido.

—De lo que estoy segura es de que no soy la primera mujer que te llama «hermoso».

—¿Lo sabes? —él le acarició la espalda y ella contuvo la respiración—. Tú también lo sientes.

Jewel ni siquiera fingió no saber a qué se refería. La química entre ellos era explosiva.

—¿Vamos a hacer algo para solucionarlo?

—Me gustaría pensar que sí —ella echó la cabeza hacia atrás y lo miró a los ojos.

—Directa. Me gusta eso en una mujer.

—Me gusta eso en un hombre.

La intensidad de la mirada de él se suavizó, pero fue sustituida por otra cosa. Deseo.

–Podríamos tomar esa copa en mi habitación.

Ella contuvo el aliento. La invitación hizo que se sintiera paralizada. Los pechos se endurecieron bajo el vestido y la excitación empezó a latir en sus venas.

–Yo no... –por primera vez aparentó cierta inseguridad.

–Tú no, ¿qué? –le apremió él.

–No estoy protegida –dijo ella en un tono casi imperceptible mientras bajaba la mirada.

–Yo te protegeré –él le sujetó la barbilla con una mano y la obligó a mirarlo a los ojos.

La promesa susurrada la envolvió con más fuerza que los masculinos brazos y durante un instante se delcitó en la fantasía de lo que podría ser dejarse cuidar por un hombre así el resto de su vida. Pero enseguida se sacudió la idea de la cabeza. Era algo absurdo.

–¿Cuál es el número de tu habitación? –ella se puso de puntillas y le susurró al oído.

–Te llevaré a ella.

–Nos encontraremos allí –ella negó con la cabeza.

Él entornó los ojos un instante, como si no estuviera seguro de poder creer en ella. Luego, deslizó una mano sobre la nuca de la joven, la atrajo hacia sí con firmeza y la besó en los labios.

Ella se fundió en sus brazos y empezó a deslizarse hacia el suelo, pero él la sujetó con fuerza antes de acariciarle los labios con la lengua, exigente, instándole a que los abriera.

Con un imperceptible estremecimiento, ella se rindió y abrió la boca para permitirle la entrada.

Los besos fueron húmedos y ardientes. Él le privó del aire antes de devolvérselo. Negándose a ser el elemento pasivo, Jewel entrelazó su lengua con la de él.

Al fin se separó de ella con la respiración entrecortada y un peligroso destello en los ojos.

–Última planta. Suite once. Date prisa –susurró mientras le entregaba una llave magnética.

Y sin más se dirigió al hotel con grandes zancadas.

Ella se le quedó mirando aturdida y con el cuerpo vibrando de excitación.

–Debo de estar loca. Me va a comer viva.

Con pasos temblorosos, se encaminó hacia el hotel.

No era la timidez la que le había impulsado a aplazar el encuentro con su hombre misterioso. Su hombre misterioso… ni siquiera sabía su nombre, pero había accedido a acostarse con él.

Una noche de fantasía. Sin nombres. Sin expectativas. Sin compromiso ni implicación emocional. Nadie saldría herido. En realidad, era perfecto.

Con más calma de la que sentía, subió a su habitación y se contempló en el espejo del cuarto de baño. Sus cabellos estaban ligeramente desordenados y sus labios hinchados. Pasión.

No reconocía a la tórrida seductora que miraba desde el espejo, pero decidió que le gustaba. Parecía hermosa y segura de sí misma, y la excitación ante lo que le esperaba en la suite número once hacía que sus ojos brillaran.

Se obligó a respirar hondo varias veces y esperó a que el rostro del espejo hubiera perdido su expresión salvaje. Por último se apartó los largos y rubios cabellos de la cara.

Satisfecha por haber recuperado el control, salió del cuarto de baño y se sentó en la cama. Esperaría quince o veinte minutos antes de subir. No quería parecer ansiosa.

Capítulo Dos

Piers andaba de un lado a otro de la habitación, poco acostumbrado a la inquietud que lo consumía desde que se había separado de la explosiva rubia. Por tercera vez, consultó el reloj.

¿Aparecería?

La deseaba. La había deseado desde el instante en que la había visto a la puerta del hotel. Se había sentido hechizado por su imagen. Era alta y delgada, con unas bien torneadas piernas, una cintura de avispa y unos pechos altos y turgentes. Sus cabellos caían como la seda sobre los hombros y la espalda. Ardía en deseo de hundirse en esos cabellos y devorar sus carnosos labios. Nunca había reaccionado con tanta fuerza hacia una mujer.

Los suaves golpes de unos nudillos contra la puerta le pusieron en alerta. Al abrir, la encontró allí, deliciosamente tímida, mirándole con sus ojos, extraña mezcla entre esmeraldas y zafiros.

—Ya sé que me diste una llave —susurró ella—, pero no me pareció correcto entrar aquí sin más.

—Me alegra que hayas venido —dijo él cuando al fin recuperó la voz.

En cuanto estuvo dentro de la suite, la rodeó con sus brazos y sintió cómo la mujer se estremecía suavemente contra él.

Incapaz de resistirse, agachó la cabeza hasta que

sus bocas se juntaron. Quería saborearla una vez más. Sólo una vez. Pero cuando sus labios se fundieron, olvidó su intención.

Ella reaccionó con ardor y le rodeó con sus brazos. Las femeninas manos quemaban contra la masculina piel a través de la camisa. La deseaba desnuda. Deseaba estar desnudo contra ella.

La idea de seducirla poco a poco se esfumó mientras se impregnaba de la femenina dulzura. No estaba muy seguro de quién seducía a quién, pero en aquellos momentos tampoco importaba.

Los labios del hombre dibujaron un rastro por el cuello de ella mientras los dedos tiraban impacientes del cierre del vestido. Una piel suave y cremosa se hizo visible y la boca se dirigió impulsivamente hacia la piel desnuda.

Ella gruñó suavemente y tembló mientras la lengua de él se deslizaba por la curvatura de su hombro. El vestido cayó al suelo y ella quedó vestida sólo con una diminuta pieza de lencería.

Él se quedó sin aliento al contemplar la redondez de los senos. Los turgentes pezones parecían llamarlo a gritos. Jugueteó con ellos antes de tomar un pecho en la mano y agachar la cabeza para besar la areola color melocotón.

El sabor de Jewel le explotó en la boca. Dulce. Delicado como una flor. Femenino. Perfecto. *Theos*, esa mujer lo volvía loco. Le hacía reaccionar como si hiciera el amor por primera vez.

Finesse. Debía ir con calma. Primero la volvería loca, y sólo entonces la haría suya.

Jewel sintió que sus rodillas desfallecían y se agarró a los atléticos hombros. Aunque no tendría que haberse preocupado por ello, ya que él la tomó en sus brazos y la llevó al dormitorio.

La tumbó sobre la cama y empezó a quitarse la ropa. Los negros ojos le quemaban la piel.

Lo primero que se quitó fue la camisa, revelando unos atléticos hombros, un robusto pecho y una cintura cuya musculatura sugería que no se trataba de un ocioso hombre de negocios. El vello salpicaba el torso y se extendía hasta los pezones, y luego se espesaba a medida que descendía hacia el ombligo hasta extenderse justo por encima de la cinturilla del pantalón.

Ella contempló con deseo cómo se desabrochaba el pantalón, que él deslizó hasta el suelo junto con los calzoncillos. La erección quedó, al fin, liberada en medio de un oscuro nido velludo. Los ojos de Jewel se abrieron maravillados ante la imposible curvatura ascendente.

—¿Acaso alguien podría dudar de mi deseo por ti, *yineka mou*? —él se deslizó sobre la cama y sujetó las femeninas caderas con sus rodillas.

—No —ella sonrió.

—Te deseo mucho —dijo él con voz ronca antes de agachar la cabeza y besarla en los labios.

El cuerpo de la joven se arqueó para recibirlo. Había pasado mucho tiempo desde la última vez que había buscado deliberadamente la compañía de un hombre.

Él le sujetó los brazos por encima de la cabeza hasta que estuvo inmóvil y desvalida. No se limitó a besarla, la devoró.

Los jadeos de ella resonaron en la habitación cuando él lamió y succionó un pecho y otro. La lengua inició un camino descendente hacia el ombligo, seguida por las manos que recorrieron cada curva hasta posarse en las caderas. Luego deslizó los pulgares bajo la braguita y presionó con la boca contra el suave montículo, aún cubierto por la prenda de lencería.

Ella no pudo contener un pequeño grito al sentir la sensación eléctrica de la masculina boca sobre el lugar más íntimo, a pesar de que aún no había tocado su piel.

Las manos de él siguieron descendiendo por las piernas, arrastrando la ropa interior con ellas. Al llegar a las rodillas, la desgarró con impaciencia en dos mitades antes de volver con dedos ansiosos a los muslos.

Con suma delicadeza, le separó las piernas y ella empezó a estremecerse violentamente.

—No tengas miedo —murmuró él—. Confía en mí. Quiero darte el más dulce de los placeres.

—Sí. Por favor, sí —suplicó ella.

—Dame tu placer, *yineka mou*. Sólo a mí —con un dedo, despejó delicadamente el camino antes de acercar su boca a la maraña de rizos que protegía su zona más sensible.

Ella se arqueó hacia atrás mientras gritaba salvajemente al sentir la lengua de él que se hundía en su interior. Era demasiado. Hacía rato que lo era.

—Qué consentimiento. Qué salvaje. No puedo esperar más para tomarte.

Ella empezó a protestar al ver que él se echaba a un lado, antes de darse cuenta de que se estaba colocando un preservativo.

—Tómame. Hazme tuya —suplicó.

Él cerró los ojos antes de lanzarse al vacío con una fuerte embestida.

Jewel quedó sin aliento, inmóvil y disfrutando de la sensación de sentirlo dentro.

—¿Te he hecho daño? —él abrió los ojos con evidentes signos de esfuerzo para controlarse.

Ella le acarició una mejilla. Los negros ojos emitían fuego y fue consciente de lo cerca que estaba de perder el control. Durante unos instantes, Jewel se deleitó en su poder.

—No —contestó con dulzura—. No me has hecho daño. Te deseo. Tómame ahora. No te contengas.

Él hizo un último intento por controlarse, pero ella no lo permitió. Rodeando la masculina cintura con sus piernas, arqueó la espalda, acercándolo más a ella. Lo deseaba. Lo necesitaba.

Él se rindió con un gruñido y la atrajo hacia sí. La fuerza, cada vez más rápida y dura la desbordó. Sentía una deliciosa mezcla de dolor erótico y éxtasis sensual. Cielos. Jamás había experimentado nada igual. Era como montar a lomos de un huracán.

—Vámonos —le dijo él al oído—. Tú primero.

Ella obedeció sin protestar y se rindió completamente a su voluntad. El orgasmo estalló, terrorífico y maravilloso al mismo tiempo mientras sus gritos se entremezclaban con los de él.

El hombre se movía cada vez más rápido, y con más fuerza, embistiéndola con salvaje intensidad. Los labios de él se fundieron con los suyos en un casi desesperado intento de amortiguar los gritos que, a pesar de todo, escaparon, duros y masculinos.

De repente se quedó quieto dentro de ella mientras sus caderas temblaban incontroladamente. Le acarició el dulce rostro y los cabellos antes de abrazarla con fuerza mientras le murmuraba al oído palabras que ella no entendía.

Después se hizo a un lado y se soltó del cálido abrazo para deshacerse del preservativo.

Ella esperó con anticipación. ¿Le iba a pedir que se marchara o que pasara la noche con él?

El hombre contestó su pregunta sin formular, tumbándose a su lado y abrazándola de nuevo. Minutos después, la relajada respiración le acarició los rubios cabellos. Se había dormido.

Con cuidado para no despertarlo, Jewel apoyó una mejilla en el velludo pecho mientras lo abrazaba por la cintura y aspiraba el masculino aroma de su piel.

Durante un fugaz instante se sintió segura. Aceptada. Incluso querida. Si lo pensaba, era estúpido, pero aquella noche no pensaría. Aquella noche sólo deseaba pertenecer a alguien.

Incluso mientras dormía, él sentía la inquietud de la mujer. La abrazó con más fuerza y ella sonrió mientras cedía al placer de rendirse al sueño.

Piers despertó sin saber qué hora era. Normalmente despertaba cada mañana antes del amanecer. Aquel día, sin embargo, el sueño le nublaba la mente y una inhabitual pereza agarrotaba sus músculos. Algo suave despertó sus sentidos. Ella aún seguía en sus brazos.

En lugar de apartarse de inmediato, se quedó inmóvil, aspirando su aroma. Debería levantarse y ducharse, dejar claro que la aventura había terminado, pero no quería echarla aún de su lado.

Ella se movió cuando le acarició la espalda y sus manos descendieron por las curvas de sus caderas. Deseaba poseerla de nuevo. Una vez más. A pesar de las señales de alarma, le giró el cuerpo y se deslizó sobre ella mientras alargaba la mano en busca de otro preservativo.

La penetró en el instante en que los azules ojos se abrían somnolientos. Se hundió en su interior más lentamente, con más cuidado que la noche anterior. Quería saborear ese último encuentro.

—Buenos días —murmuró ella con una voz seductora que le hizo estremecerse.

Jewel bostezó y se estiró como un gato mientras le rodeaba el cuello con sus brazos. Hermosa y suave, sus movimientos imitaron los de él en un dulce balanceo.

Si la noche anterior había sido una rugiente tormenta, aquella mañana era la suave lluvia.

Él le retiró los cabellos del rostro, incapaz de resistirse a la tentación de besarla una y otra vez. No conseguía saciarse. En su mente surgió la idea de que no quería que se marchara, pero la expulsó de su cabeza, decidido a no caer en una trampa emocional.

Había vivido demasiado tiempo sin ataduras para permitir que volviera a suceder.

Ella lo envolvió en su abrazo mientras él embestía y se retiraba. El ritmo era lento, destinado a prolongar el placer.

Cuando ya no hubo manera de retrasar el exquisito placer, los llevó a ambos a la cima, quedando jadeantes y temblorosos, abrazados el uno al otro.

Se quedaron inmóviles durante largo rato, él aún dentro de ella.

De repente, la realidad se impuso. Era de día. La velada había terminado.

Bruscamente, se echó a un lado, se levantó de la cama y buscó sus pantalones.

–Voy a ducharme –dijo secamente al ver que la mujer lo miraba.

Ella asintió mientras él entraba en el cuarto de baño con más pena que alivio. Diez minutos después volvió al dormitorio. Ella había desaparecido de la cama, de la habitación. De su vida.

Parecía, en efecto, que había entendido a la perfección las reglas del juego. Quizás demasiado bien. Por un instante se había permitido soñar con que quizás, sólo quizás, ella aún estuviera en la cama. Saciada del amor que él le había hecho. Saciada y suya.

Capítulo Tres

Jewel se paró ante la puerta de las oficinas del hotel Anetakis y se alisó los cabellos por tercera vez, aunque sólo consiguió deshacer un poco más el elegante moño que se había hecho.

Tenía un aspecto frío y profesional, su trabajo le había costado lograrlo. No quedaba rastro de la mujer que se había entregado con tanta pasión dos noches antes.

Había esperado encontrárselo de nuevo. Por casualidad. A lo mejor conseguiría otra noche de pasión, aunque ella se había jurado que sólo sería una.

Tanto mejor así. Seguramente se había vuelto ya a dondequiera que viviese. Ella misma seguiría su camino en unas semanas, provista del dinero suficiente para costear sus viajes.

Consultó el reloj. Pasaban dos minutos de las ocho. Estaba citada a las ocho. Al parecer, la puntualidad no era uno de los puntos fuertes del señor Anetakis.

–Señorita Henley –a su espalda, la puerta se abrió y una mujer de mediana edad asomó la cabeza–, el señor Anetakis la recibirá ahora.

Jewel sonrió y siguió a la mujer al interior del despacho. El señor Anetakis estaba de espaldas y hablaba por el móvil. Al oírles entrar, se dio la vuelta y la joven se paró en seco.

El señor Anetakis se limitó a enarcar una ceja en señal de reconocimiento antes de colgar.

–Ya puede retirarse, Margery. La señorita Henley y yo tenemos cosas de que hablar.

Jewel tragó con dificultad mientras Margery salía del despacho y el señor Anetakis la taladraba con la mirada.

–Debes saber que no tenía ni idea de quién eras –dijo ella con voz temblorosa.

–Desde luego –contestó él con calma–. Lo noté por la expresión de espanto que tenías cuando me di la vuelta. Aun así, hace que las cosas resulten un poco incómodas, ¿no crees?

–No veo por qué –dijo ella mientras se acercaba a él con una mano extendida–. Buenos días, señor Anetakis, soy Jewel Henley, su nueva ayudante. Confío en que trabajemos bien juntos.

Él sonrió con cinismo, pero antes de poder decir nada, el móvil sonó de nuevo.

–Discúlpeme, señorita Henley –dijo con voz relajada antes de contestar al teléfono.

Aunque ella no entendía el idioma en el que hablaba, resultaba evidente que la llamada no le había agradado. Frunció el ceño y empezó a gritar antes de murmurar algo ininteligible y colgar.

–Le pido disculpas. Debo atender de inmediato a un asunto. Reúnase con Margery en su despacho y ella se encargará de… instalarla.

Jewel asintió mientras él salía del despacho. Con las rodillas temblorosas, acudió en busca de Margery mientras rezaba para conservar la compostura durante las siguientes cuatro semanas.

***

Piers bajó del helicóptero y se dirigió al coche que había ido a recogerle. Camino del aeropuerto donde aguardaba el jet privado, hizo una llamada.

—¿En qué puedo servirle, señor Anetakis? —contestó el jefe de recursos humanos del hotel.

—Jewel Henley —rugió él.

—¿Su nueva ayudante?

—Deshazte de ella.

—¿Disculpe? ¿Hay algún problema?

—Limítate a deshacerte de ella. No quiero que siga ahí —respiró hondo—. Trasládala, asciéndela o págale el sueldo entero del contrato, pero deshazte de ella. No puede trabajar para mí. Tengo una política muy estricta sobre relaciones personales entre empleados.

Tras unos minutos sin oír nada al otro lado del teléfono, soltó un juramento y colgó. La llamada se había cortado. De todos modos, no quería una respuesta. Sólo quería que se solucionara.

La ayudante de su hermano había vendido información muy valiosa sobre la empresa a sus competidores. Después de aquel desastre, todos habían adoptado políticas muy estrictas sobre las personas que trabajaban con ellos. No podían permitirse otra Roslyn.

Aun así, sentía una opresión en el pecho mientras bajaba del coche y subía al jet. No podía negar que aquello había sido algo más que una aventura casual de una noche. Razón de más para cortarlo cuanto antes. No volvería a ceder ni un ápice de poder a otra mujer.

Jewel permanecía sentada ante el escritorio de Margery rellenando formularios. Había pasado la mañana en un estado de permanente nerviosismo mientras esperaba el regreso de Piers.

A la hora de la comida, bajó a la cafetería y comió un bocadillo mientras contemplaba las zambullidas de las gaviotas ante los turistas que les llevaban pan. Si Margery le permitía usar el ordenador por la tarde, mandaría un mensaje a Kirk.

Era su único amigo, aunque apenas se veían. Le divertía el hecho de que fueran dos almas errantes. Ninguno de los dos poseía un hogar, y a lo mejor por eso se entendían tan bien.

Un mensaje ocasional, una llamada de vez en cuando, y alguna reunión cuando sus caminos coincidían. Era lo más parecido a un hermano o un familiar de lo que jamás había soñado tener.

Terminó el bocadillo, arrojó el envoltorio a la papelera y se dirigió al ascensor de los empleados. ¿Habría vuelto Piers? Sintió un cosquilleo en el estómago, pero reprimió su nerviosismo. De nada serviría que él supiera hasta qué punto le había afectado su relación.

—El señor Patterson quiere verla de inmediato —fue el recibimiento de Margery.

Jewel frunció el ceño. Con un suspiro de resignación, se dirigió a la oficina del director de recursos humanos.

—Señorita Henley, pase —el hombre levantó la vista al verla entrar—. Siéntese, por favor.

Ella se sentó enfrente de él y esperó ansiosa.

—Cuando fue contratada —él carraspeó y tiró del cuello de la camisa antes de mirarla a los ojos—, fue para un puesto temporal. Como ayudante del señor Anetakis mientras estuviera aquí.

—Correcto —ya habían pasado por todo aquello.

–Siento mucho comunicarle que ya no necesita una ayudante. Ha cambiado de planes.

–¿Disculpe? –ella lo miró estupefacta durante unos segundos.

–Su contrato ha terminado con carácter inmediato.

–¡Bastardo! –exclamó ella–. ¡Es un completo y absoluto bastardo!

–El servicio de seguridad la acompañará a su habitación para que recoja sus pertenencias –continuó él como si tal cosa.

Señor Patterson, puede decirle de mi parte, textualmente, al señor Anetakis, que es la peor de las escorias. Es una basura sin agallas y espero que se ahogue en su propia cobardía.

Acto seguido, se levantó y salió del despacho. El portazo retumbó por todo el pasillo.

No había tenido el valor de despedirla él mismo. Menudo farsante.

Dos guardas de seguridad se unieron a ella junto al ascensor, como si fuera una delincuente.

Subieron en medio de un tenso silencio y los hombres la siguieron por el pasillo hasta la habitación, apostándose cada uno a un lado de la puerta.

La joven se dejó caer sobre la cama como un globo desinflado. Maldito fuera ese hombre. No tenía dinero para seguir viajando. Había gastado hasta el último céntimo de sus ahorros en llegar hasta allí y ese trabajo debería haberle permitido recuperarse económicamente.

Pero en aquellos momentos sólo le quedaba una opción si quería tener un techo sobre la cabeza. Tendría que regresar a San Francisco y al apartamento de Kirk.

Tenían un acuerdo. Cada vez que ella necesitara un lugar en el que alojarse, podía ir allí.

Sólo podía ponerse en contacto con él por correo electrónico. Tan sólo esperaba que no coincidiera allí con ella, en una de las escasas ocasiones en que regresaba a su casa.

San Francisco pues, decidió al fin a regañadientes. A lo mejor encontraría un trabajo y podría ahorrar algo. Era una suerte disponer de alojamiento gratis, pero no le gustaba la idea de aprovecharse de la generosidad de Kirk.

–Maldito seas, Piers Anetakis –susurró. Ese hombre había conseguido convertir la noche más bella de su vida en algo sucio y odioso.

Se sacudió mentalmente. No servía de nada sentir lástima de sí misma. Sólo le quedaba recoger sus cosas, seguir adelante y, con suerte, aprender la lección.

Capítulo Cuatro

Cinco meses después...

Piers bajó la escalerilla del jet privado y se dirigió al coche que aguardaba. El conductor ya conocía el destino, de modo que no tuvo más que sentarse en el asiento de atrás mientras el coche se dirigía al hospital en el que estaba ingresada Jewel.

Debía de tener algo serio si había recurrido a él después de no dar señales de vida en cinco meses. La culpa era un fuerte estimulante, pero aun así había sido incapaz de localizarla.

Sin embargo lo importante era que la había encontrado. Se ocuparía de que tuviera los mejores cuidados para compensarle por la pérdida del empleo y, con suerte conseguiría sacársela de la cabeza.

Cuando llegaron al hospital, no perdió ni un segundo antes de correr hacia el ascensor.

Llamó con suavidad a la puerta, pero, al no recibir respuesta, entró en silencio.

Jewel estaba tumbada sobre la cama. La respiración, suave y rítmica, indicaba que dormía.

Sin embargo, tenía una expresión de preocupación en el rostro. Y las manos se aferraban a las sábanas a la altura del pecho. Aun así seguía tan hermosa como él la recordaba.

Arrojó la chaqueta sobre una silla junto a la cama

y se sentó. El movimiento alertó a la joven que abrió los ojos.

Lo primero que reflejó su rostro fue estupefacción, en un gesto parecido al pánico. De inmediato, las manos se deslizaron hasta el estómago, en un gesto protector que sólo le habría pasado desapercibido a Piers de haber sido ciego.

Había una inconfundible hinchazón, un tenso montículo que protegía a un bebé en su interior.

—¡Estás embarazada!

—No lo digas así —ella entornó los ojos—. No lo conseguí yo solita.

Durante unos segundos él estuvo demasiado aturdido para captar la insinuación y, cuando lo hizo, sintió una gélida sacudida en la columna. Los viejos recuerdos regresaron a su mente en una oleada de furia.

—¿Insinúas que eso es mío? —rugió. No volvería a caer en la misma trampa.

—Ella —corrigió Jewel—. Al menos habla de tu hija como si la consideraras un ser humano.

—¿Una hija?

En contra de su propia voluntad, la expresión de ira se relajó. Con impaciencia apartó las manos de la joven y dio un respingo cuando la tirante piel se movió al contacto con sus dedos.

—*Theos!* ¿Ha sido ella?

—Esta mañana está muy activa —Jewel asintió y sonrió.

Piers sacudió la cabeza en un intento de hacer desaparecer el hechizo. Una hija. De repente visualizó a una niña, idéntica a Jewel, pero con los ojos oscuros.

—¿Es mía? —la expresión volvió a endurecerse.

Jewel lo miró con calma a los ojos y asintió.

–Tomamos precauciones. Yo tomé precauciones.

–Es tuya –ella se encogió de hombros.

–¿Y esperas que me lo trague? ¿Así sin más?

–En dos años no me he acostado con ningún otro hombre –ella intentó incorporarse–. Es tuya.

–Entonces no te opondrás a la prueba de paternidad –él ya no era el confiado idiota de años atrás.

–No me opongo –ella cerró los ojos en un claro gesto de cansancio–. No tengo nada que ocultar.

–¿Y qué te pasa? ¿Por qué estás en el hospital? –preguntó él al fin. El descubrimiento del bebé, y la posibilidad de que fuera suyo, le habían hecho olvidar el motivo de su presencia allí.

–He estado enferma –dijo ella con voz cansada–. Tensión alta. Agotamiento. Mi médico dice que mi trabajo es en gran parte culpable y quiere que lo deje. Dice que no tengo elección.

–¿En qué demonios has estado trabajando? –preguntó él.

–De camarera. Fue lo único que encontré en tan poco tiempo. Necesitaba el dinero para poder marcharme de aquí. A algún lugar más cálido.

–¿Y por qué viniste aquí? Podrías haberte marchado a cualquier parte.

–Aquí dispongo de alojamiento. Alojamiento gratuito –ella lo miró con amargura–. Tras ser despedida no tuve elección. Necesitaba un sitio para dormir hasta poder ahorrar dinero.

–Escucha, Jewel, en cuanto al despido… –el remordimiento lo aguijoneó. No sólo la había despedido, sino que había empujado a una mujer embarazada a una situación desesperada.

–No quiero hablar de ello –la joven alzó una mano y lo miró con expresión airada–. Eres un cobarde y un bastardo. Jamás te habría vuelto a dirigir la palabra de no haber sido porque nuestra hija te necesitaba, de no ser porque yo necesitaba tu ayuda.

–De eso se trata. Jamás fue mi intención despedirte –dijo él con calma.

–Pues no me sirve de mucho consuelo teniendo en cuenta que sí fui despedida y escoltada hasta la puerta de la calle de tu hotel –ella lo miró furiosa.

Piers suspiró. No era el momento de intentar razonar. Cada vez estaba más alterada. Si había optado por pensar lo peor de él, estaba claro que en cinco minutos no iba a conseguir borrar cinco meses de ira.

–¿Y qué es lo que necesitas de mí? –preguntó–. Haré lo que pueda por ti.

Ella lo miró con la desconfianza reflejada en los ojos azules y él decidió que sin duda sería mucho mejor que la niña tuviera los ojos de su madre. El pelo oscuro y los ojos de color verde mar. ¿O eran azules? Parecían cambiar constantemente.

–Mi médico no me dará el alta hasta que le asegure que alguien cuidará de mí –ella cerró los ojos y dejó caer los hombros–. Deberé guardar reposo en cama hasta la operación.

–¿Operación? –Piers se echó hacia delante–. Creía que sufrías un problema de tensión alta –por el embarazo de su cuñada, sabía que el tratamiento para el estrés o la tensión alta era simplemente reposo–. No te pueden operar mientras estés embarazada. ¿Qué pasa con el bebé?

–Ése es el problema –dijo ella pacientemente–. Al realizarme una ecografía para comprobar el estado del bebé, encontraron un quiste en uno de mis ovarios. El quiste ha crecido y ahora empieza a presionar contra el útero. La única opción para que no dañe al bebé es operar.

–Esta operación… –Piers soltó un juramento–. ¿Es peligrosa? ¿Podría lastimar al bebé?

–El médico cree que no.

Él volvió a soltar un juramento. No quería verse nuevamente involucrado en una situación en la que podría perderlo todo. Ya no era tan idiota. Las cosas se harían a su modo.

–Vas a casarte conmigo –anunció secamente.

Capítulo Cinco

–¡Te has vuelto loco! –exclamó Jewel.

–No creo que hablar de matrimonio indique una mente trastornada –Piers entornó los ojos.

–Loco. Decididamente.

–No estoy loco –gruñó él.

–¡Hablas en serio! –ella lo miró con una mezcla de estupefacción y horror–. Por el amor de Dios. ¿De verdad crees que me casaría contigo?

–No hay motivo para mostrarte tan espantada.

–Espantada –murmuro ella–. Eso describe mejor mi reacción. Escucha, Piers. Necesito tu ayuda. Tu apoyo económico. Pero no necesito matrimonio. No contigo. Jamás contigo.

–Pues si quieres mi apoyo económico, puedes estar malditamente segura de que tendrás que casarte conmigo para conseguirlo –rugió él.

–Sal de aquí –espetó ella mientras con una mano temblorosa señalaba hacia la puerta.

–No debería haber dicho eso –Piers le tomó la mano y le acarició suavemente el interior de la muñeca–. Me has puesto furioso. Si es mi bebé, por supuesto que tendrás mi apoyo, Jewel. Sorprendida por el brusco cambio, ella sólo fue capaz de mirarlo fijamente sin saber qué decir.

–¿Entonces nos olvidamos de todo eso del matrimonio?

—No te he prometido eso —él apretó los labios—. Tengo la intención de casarme contigo en cuanto pueda, y desde luego antes de la operación.

—Pero…

—Vas a sufrir una peligrosa intervención —él la hizo callar alzando una mano en el aire—. No tienes familia, nadie que esté a tu lado, que tome decisiones si sucediera lo peor.

Un escalofrío recorrió la columna de la joven. ¿Qué sabía él de su familia? ¿La había hecho investigar? Una náusea le agarrotó el estómago. No soportaba la idea de que alguien supiera algo de su pasado. Por lo que a ella respectaba, el pasado no existía. Ella no existía.

—Tiene que haber otro modo —dijo ella con la voz quebrada.

—No he venido para pelear contigo —la expresión de él se suavizó—. Tenemos mucho que hacer. Hablaré con tu médico y te trasladaré a un lugar mejor. Quiero que un especialista se ocupe de ti. Nos podrá dar una segunda opinión. Y también me ocuparé de organizar nuestra boda.

—Alto ahí —exclamó ella, furiosa—. No tienes derecho a irrumpir aquí, hacerte cargo de mi vida y tomar decisiones por mí. Ya he hablado con los médicos. Soy plenamente consciente de lo que hay que hacer, y yo decidiré qué es lo mejor para mí y mi hija. Si te supone un problema, puedes volver a tu isla y dejarme en paz.

—No te alteres, Jewel —él alzó las manos—. Siento haberte ofendido. Estoy acostumbrado a hacerme cargo. Me pediste ayuda y te la he ofrecido, y ahora no pareces quererla.

—Quiero tu ayuda, pero sin condiciones.

–Pues me temo que no puedo mantenerme al margen.

–Ni siquiera estás convencido de que sea tu hija –espetó ella.

–Es verdad –él asintió–. Sería un idiota si aceptara tu palabra sin más. Apenas nos conocemos. ¿Cómo sé que no te lo has inventado todo? En cualquier caso, estoy dispuesto a ayudarte. Te lo debo. De momento, estoy dispuesto a asumir que llevas dentro de ti a mi hija. Y quiero que nos casemos antes de que te sometas a cualquier tratamiento médico.

–Pero eso es una locura –protestó ella.

–Haré redactar un acuerdo que proteja los intereses de ambos –continuó él–. Si resulta que me has mentido y el bebé no es mío, el matrimonio será anulado de inmediato. Os proporcionaré una manutención a ti y a tu hija, y cada uno seguiremos caminos separados.

A ella no se le escapó el modo en que dijo «tu hija», distanciándose a propósito de la ecuación. La opinión que parecía tener de ella no era precisamente una buena base para un matrimonio.

–¿Y qué pasa si es tuya? –preguntó con dulzura.

–Entonces permaneceremos casados.

–No –ella sacudió la cabeza–. No quiero casarme contigo. Y no es posible que tú sí lo desees.

–No pienso discutir, Jewel. Te casarás conmigo, y lo harás enseguida. Piensa en qué es mejor para tu hija. Cuanto más tiempo perdamos, más tiempo estaréis tú y el bebé en peligro.

–Me estás chantajeando –exclamó ella perpleja.

–Piensa lo que quieras –él se encogió de hombros.

–Es tu hija –dijo ella furiosa–. Hazte las malditas pruebas, pero es tuya.

—No te habría ofrecido el matrimonio si no pensara en esa posibilidad —Piers asintió.

—¿Y no quieres esperar a los resultados antes de que nos atemos el uno al otro?

—Lo dices de un modo muy raro —Piers parecía hasta divertirse—. Nuestro acuerdo está abierto a cualquier posibilidad. Si me has mentido, estaré dispuesto a mostrarme generoso. Y si, tal y como afirmas, ella es hija mía, lo mejor será que estemos casados y le demos un hogar estable.

—¿Un hogar con dos padres que apenas se soportan?

—Yo no diría eso —él enarcó una ceja—. Aquella noche en mi hotel parecíamos llevarnos muy bien.

—La lujuria no es un buen sustituto para el amor, la confianza y el compromiso —ella se sonrojó.

—¿Y cómo sabes que todo eso no va a surgir con el tiempo?

Ella lo miró estupefacta.

—Dale una oportunidad, Jewel. Quién sabe qué nos deparará el futuro. De momento, hay que ocuparse de la operación, y por supuesto del resultado de la prueba de paternidad.

—Claro. Qué idiota por mi parte pensar en el matrimonio cuando estamos hablando de casarnos.

—No hace falta ser tan sarcástica. Y ahora, si hemos terminado, sugiero que descanses un poco. Tenemos mucho que hacer, y cuanto antes lo organice todo, antes podrás quedarte tranquila.

—No he dicho que vaya a casarme contigo —contestó ella.

—No. Y espero tu respuesta.

La frustración martilleaba las sienes de Jewel. Qué enervante resultaba ese hombre. Arrogante. Convencido de salirse siempre con la suya. Y aun así, el muy idiota tenía razón en todo.

Se echó hacia atrás y cerró los ojos mientras la tristeza la invadía. Sentía ganas de llorar. Aquello se alejaba mucho de sus sueños de futuro. Había aceptado el hecho de que seguramente jamás se casaría, que jamás podría llegar a confiar en alguien. Pero eso no le había impedido soñar con un hombre que no abusara de su confianza. Alguien que la amara sin condiciones.

—No será tan malo —dijo Piers mientras le tomaba nuevamente la mano.

—De acuerdo, Piers —ella abrió los ojos con expresión agotada—. Pero tengo mis condiciones.

—Te proporcionaré un abogado que vele por tus intereses.

Todo aquello sonaba estéril y frío. Sintió un escalofrío. No tenía ninguna duda de estar cometiendo un error. Quizás el mayor de su vida. Pero por su hija haría cualquier cosa. Desde el momento en que había descubierto que estaba embarazada, el bebé se había convertido en su prioridad. Si hiciera falta, se casaría hasta con el mismísimo demonio.

—¿Y qué tal si elijo yo al abogado y le pido que te pase la minuta? —se ofreció ella.

—¿No te fías de mí? —él soltó una carcajada—. Supongo que tienes tus motivos. De acuerdo.

Ella entornó los ojos. Piers se mostraba magnánimo. Podía permitírselo. Había ganado.

—¿Necesitas algo? ¿Quieres que te traiga algo?

—Comida —dijo ella tras dudar un instante.

—¿Comida? ¿No te dan de comer aquí?

—Me refiero a comida que esté buena —dijo ella—. Me muero de hambre.

Él sonrió y Jewel sintió una sacudida que le llegó hasta la punta de los pies. Maldito fuera por ser tan atractivo. Con la mano acarició la barriga en una silenciosa disculpa. No lamentaba ni un instante de aquella noche, pero no estaba dispuesta a pagar por ella el resto de su vida.

–Veré qué puedo hacer con la comida. Ahora descansa. Volveré en un rato.

Piers la sorprendió con un casto beso en la frente, un gesto muy tierno.

–No quiero que te preocupes por nada. Descansa y ponte bien. Y cuida de tu... nuestra hija.

Las últimas palabras parecieron costarle un esfuerzo, como si estuviera cediendo. A lo mejor no deseaba tener hijos. Sin embargo, tenía una hija y más le valía acostumbrarse a la idea.

Tras una última mirada, él salió de la habitación del hospital y cerró la puerta.

Casada.

No se imaginaba casada con un hombre de tamaña dureza. Ya había tenido bastantes personas duras en su vida. Individuos fríos, sin emociones, sin corazón, sin amor. Y de repente se veía abocada a un matrimonio que sería una réplica de su infancia.

–Para ti nunca será así, cariño –dijo mientras acariciaba la barriga–. Te amo y no permitiré que pase un solo día sin que lo sepas. Te lo juro. Pase lo que pase, siempre me tendrás a mí.

Capítulo Seis

—He hecho algo terrible —dijo Piers en cuanto su hermano, Chrysander, descolgó el teléfono.

—¿Por qué se está convirtiendo en una costumbre que mis hermanos pequeños llamen en medio de la noche pronunciando esas mismas palabras? —Chrysander suspiró y se sentó en la cama.

—¿Se ha metido Theron en algún lío? —preguntó Piers.

—No desde que sedujo a una mujer bajo su protección —contestó secamente el hermano mayor.

—Ah, te refieres a Bella. ¿Y por qué creo que fue ella quien le sedujo a él?

—Nos estamos desviando del tema. ¿Qué es eso tan horrible que has hecho y cuánto va a costar?

—Puede que nada. Puede que todo —contestó Piers con calma mientras oía a su hermano soltar un juramento y decirle algo a Marley—. No preocupes a Marley con esto. Siento haberla despertado.

—Demasiado tarde —rugió Chrysander—. Dame unos minutos para bajar al despacho.

Piers esperó martilleando con los dedos en la mesa. Al fin Chrysander volvió a hablar.

—Ahora cuéntame qué pasa.

—He tenido una aventura. En realidad, una aventura de una noche.

—¿Y? —preguntó su hermano con impaciencia—. Eso no es nuevo para ti.

–Era mi nueva ayudante.

Chrysander soltó otro juramento.

–Pero no lo supe hasta que apareció el primer día de trabajo. Hice que la despidieran.

–¿Y por cuánto nos ha demandado? –gruñó el otro hombre.

–Déjame terminar –le interrumpió Piers con impaciencia–. No tenía intención de despedirla. Le pedí a mi director de recursos humanos que la trasladara, o la ascendiera o que le pagara todo el contrato, pero él sólo oyó la parte de «deshazte de ella», y la despidió.

–Muy bien, ¿y cuál es el problema?

–Está en el hospital. Está enferma, necesita una operación… y está embarazada.

–*Theos* –exclamó Chrysander–. Piers, no puedes consentir que vuelva a suceder. La última vez…

Lo sé –contestó él con irritación. Lo último que quería era que su hermano se lo recordara.

–¿Estás seguro de que el bebé es tuyo?

–No. He pedido una prueba de paternidad.

–Bien hecho.

–Hay algo más que deberías saber –dijo Piers–. Me voy a casar con ella. Dentro de unos días.

–¿Qué? ¿Te has vuelto loco?

–Qué curioso, ella dijo lo mismo.

–Menos mal que uno de los dos tiene algo de sentido común –dijo Chrysander airadamente–. ¿Por qué demonios quieres casarte con esa mujer si ni siquiera sabes si el niño es suyo?

–Es increíble cómo se han vuelto las tornas.

–No empieces. Escuché lo mismo de Theron cuando se empeñó en casarse con Alannis. Poco importó que acertara vaticinando el desastre que fue. Vuestra advertencia sobre Marley fue algo totalmente distinto. Tú no mantienes ninguna relación con esa mujer. Te acostaste con ella una noche, y ahora asegura que eres el padre de su bebé, ¿y te vas a casar con ella? ¿Así sin más?

—Necesita mi ayuda. No soy imbécil. Haré que nuestro abogado redacte un acuerdo que contemple la posibilidad de que el bebé no sea mío. De momento lo mejor será casarnos. Si es mi hija, ¿cómo me sentiría si no hubiera hecho nada mientras esperaba el resultado?

—¿Hija?

—Sí. Al parecer, Jewel está embarazada de una niña —a pesar de sus dudas y sospechas no pudo evitar sonreír ante la imagen de una niña con grandes ojos y una dulce sonrisa.

—Jewel. ¿Cuál es su apellido?

—No lo hagas, hermano. No hace falta investigar su pasado. Puedo ocuparme de ello yo solo.

—No quiero verte herido de nuevo —dijo el hermano mayor.

Ahí estaba. Por mucho que intentara evitar el pasado siempre estaba ahí, como un oscuro nubarrón. Sin previo aviso, la imagen de otro niño se formó dolorosamente en su mente. Un niño dulce de cabello oscuro y sonrisa angelical. Eric.

—Esta vez me aseguraré de que mis intereses estén mejor protegidos —dijo Piers con frialdad—. Entonces yo era un estúpido.

—Eras joven, Piers —Chrysander suspiró.

—Eso no es excusa.

—Llámame si me necesitas. A Marley y a mí nos gustará asistir a la boda.

38

—No hace falta.

—Sí hace falta —lo interrumpió su hermano—. Hazme saber los detalles y tomaremos un avión.

Piers cerró la mano con fuerza en torno al auricular. Era bueno tener un apoyo incondicional. De repente fue consciente de que a Jewel no le había ofrecido su apoyo incondicional. La había amordazado y se había aprovechado de la situación.

—De acuerdo. Te llamaré cuando esté todo organizado.

—Avisa también a Theron. A Bella y a él les encantará estar allí.

—Sí, hermano mayor —Piers suspiró.

—No te pido gran cosa —Chrysander rió—. Además, casi nunca me escuchas.

—Dale un beso a Marley de mi parte.

—Lo haré y... ¿Piers? Ten cuidado. No me gusta cómo huele este asunto.

Piers colgó el teléfono y luego llamó a su abogado al que le describió brevemente la situación. Después tomó medidas de seguridad para Jewel. Desde lo sucedido con la esposa de Chrysander, Marley, él y sus hermanos no corrían riesgos. Luego llamó al hospital para averiguar la hora de la siguiente visita del médico. Por último, encargó en un restaurante cercano una cena completa para llevar.

Jewel intentó salir de la cama. Sólo se había levantado para ir al baño y acababa de decidir que estaba harta. El doctor le daría de alta al día siguiente al saber que tenía alguien para cuidarla.

Tras ducharse se puso un pantalón suelto y una

camisa premamá. Después se secó los cabellos lo mejor que pudo con la toalla y los dejó sueltos para que terminaran de secarse.

Se acababa de instalar en el sillón junto a la cama cuando la puerta se abrió y Piers entró con dos grandes bolsas de comida para llevar.

Ella se inclinó nerviosamente hacia delante mientras era inspeccionada por los negros ojos.

–No deberías haberte duchado antes de que yo viniera.

–¿Qué? –preguntó perpleja.

–Podrías haberte caído. Deberías haberme esperado o, al menos, haber llamado a la enfermera.

–¿Y cómo sabes que no llamé a ninguna de las enfermeras?

–¿Lo hiciste? –él la miró burlonamente.

–No es asunto tuyo –contestó la joven.

–Si estás embarazada de mi hija, entonces sí es asunto mío.

–Escucha, Piers, debemos aclarar algo desde el principio. El que yo esté embarazada de tu hija no te da ningún derecho sobre mí. No permitiré que tomes las riendas de mi vida.

Incluso mientras pronunciaba las palabras era consciente de lo estúpidas que sonaban.

Se mordió el labio y desvió la mirada mientras su mano se posaba amorosamente en la barriga.

Piers empezó a sacar la comida de las bolsas, actuando como si ella no hubiese dicho nada. El olor llegó hasta la joven cuyo estómago empezó a protestar.

–Gracias, me muero de hambre.

Él llenó dos platos y le sirvió uno antes de sentarse en el borde de la cama con el otro.

—Puedo volverme a la cama para que puedas sentarte en el sillón —se ofreció ella.

—Pareces estar cómoda ahí —él sacudió la cabeza—. Yo estoy bien.

Comieron en silencio aunque ella era consciente de que la observaba. Sin embargo, se obligó a ignorarlo y se concentró en la deliciosa comida.

—Ha sido maravilloso, gracias —suspiró cuando ya no pudo comer ni un bocado más.

—¿Te apetece volver a la cama? —él le retiró el plato y lo dejó sobre la mesita.

—Ya he tenido bastante cama para toda una vida —ella sacudió la cabeza.

—¿Pero no deberías estar en la cama con los pies en alto? —insistió él.

—Estoy bien. El médico quiere que haga reposo moderado hasta la operación. Eso significa que puedo levantarme y moverme un poco. Lo que no quiere es que permanezca de pie mucho rato.

—Y en tu trabajo estarías de pie todo el tiempo —él frunció el ceño.

—Era camarera. No me quedaba otro remedio.

—Deberías haberme llamado en cuanto supiste que estabas embarazada —dijo él airadamente.

—Me despediste —ella lo miró con expresión asesina—. Dejaste claro que no querías saber nada de mí. ¿Por qué demonios iba a llamarte? Jamás lo habría hecho de no haberte necesitado tanto.

—Entonces supongo que debo sentirme agradecido porque me necesites.

—Yo no te necesito —se corrigió ella—. Te necesita nuestra hija.

—Me necesitas, Jewel. Tengo que compensarte por

41

muchas cosas, y ésa es mi intención. Podemos hablar sobre tu despido cuando ya no estés en el hospital y te encuentres mejor.

–Sobre eso… –empezó ella.

–¿Sí? –él enarcó una ceja.

–El médico me dará el alta mañana por la mañana.

–Lo sé. Hablé con él antes de venir a la habitación.

Ella apretó los puños mientras intentaba evitar que su rostro reflejara la frustración que sentía.

–No necesito tenerte encima todo el tiempo. Puedes dejarme en mi apartamento…

–He alquilado una casa –intervino él con expresión resoluta–. Allí será donde te lleve. Y he contratado a una enfermera para que atienda a tus necesidades…

–No –interrumpió ella–. De eso nada. No consentiré que una enfermera haga de mi niñera. No soy ninguna inválida. Tengo que guardar reposo. Puedo hacerlo sin la ayuda de una enfermera.

–¿Por qué tienes que hacer que todo resulte tan difícil? –preguntó él con calma.

–Si quieres contratar a alguien, contrata a un cocinero –murmuró ella–. La cocina se me da fatal.

–Lo del cocinero puede solucionarse –él sonrió–. Por supuesto, deseo que mi hija y su madre estén bien alimentadas. ¿Significa eso que no te opondrás a instalarte en la casa?

–No me opondré –ella inició una protesta, pero la ahogó de inmediato y suspiró.

–¿Lo ves? ¿A que no ha sido tan difícil?

–Deja ya de burlarte.

La sonrisa de él se hizo aún más amplia. Lo increíble era que le hacía parecer encantador. «Peligroso,

Jewel. Es peligroso. No caigas en la trampa de ese encanto», se dijo.

—Voy a llevarte a casa conmigo, Jewel —dijo él con paciencia—. No te servirá de nada discutir. Mañana espero ocuparme de la organización de la boda. Tu salud era prioritaria.

Una incipiente jaqueca empezó a martillear las sienes de la joven. ¿Qué iba a ser de su vida? ¿Él daría las órdenes y ella obedecería humildemente? No si podía evitarlo. Aunque también le hacía sentirse bien trasladar sus problemas a otro. Aunque sólo fuera temporalmente.

—¿Te duele la cabeza? —preguntó él.

—Es el estrés —ella retiró la mano con la que, inconscientemente, había estado frotándose la frente—. Han sido dos semanas muy largas. Estoy cansada.

Para su sorpresa, Piers le tomó delicadamente las manos y le ayudó a ponerse en pie.

Demasiado estupefacta para hacer algo más que mirarlo atónita, cooperó sin quejarse. Él se colocó a su espalda y se sentó en el sillón antes de acomodarla sobre su regazo.

Jewel comprobó que los cinco largos meses, para su pesar, no habían reducido la química.

El calor de él la envolvió y la calmó a pesar de las efervescentes emociones. Cuando empezó a masajearle el cuero cabelludo con las fuertes manos, ella sintió pánico.

Totalmente desarmada, se hundió contra el fuerte pecho. Durante varios minutos, ninguno habló.

—¿Mejor? —preguntó él con dulzura.

Ella asintió, incapaz de formular ninguna frase coherente. Flotaba en una nube de placer.

–Te preocupas demasiado, *yineka mou*. El estrés no te hace ningún bien, ni al bebé. Todo saldrá bien. Te doy mi palabra.

La frase estaba destinada a consolarla y ella apreció el esfuerzo. Pero, por algún motivo, el juramento sonaba amenazador. Como si hubiera alcanzado un punto de inflexión en su vida a partir del cual nada volvería a ser igual. Como si estuviera cediendo el control.

«Pues claro que nada volverá a ser igual, idiota. Estás embarazada y vas a casarte».

Aun así, intentó consolarse con la promesa de Piers. Él no confiaba en ella, pero la deseaba, eso era evidente. Y ella lo deseaba a él. No bastaba. Ni de lejos. Pero era lo único que tenían.

Capítulo Siete

Jewel ladeó la cabeza para mirar por la ventana mientras Piers cruzaba la entrada de una extensa propiedad rodeada de un verde y bien cuidado césped. La casa, modesta en comparación con la extensión de la propiedad, apareció al coronar una colina.

Era espléndida. Dos plantas con buhardillas y hiedra colgando de la fachada.

Piers aparcó frente al garaje. Les seguía el coche que llevaba al servicio de seguridad. Uno de los guardas apareció y abrió la puerta. La cubrió protectoramente, protegiéndola de... ¿qué? Sólo se hizo a un lado cuando Piers le tomó la mano.

—No soy una inútil, ¿sabes? —dijo ella secamente cuando él la atrajo hacia sí. Sin embargo, habría mentido de haber negado que toda esa ayuda le encantaba. El masculino cuerpo era cálido y fuerte. La idea de que ya no estaba sola casi le hizo llorar.

—Lo sé —contestó él con su rudo acento—. Pero acabas de salir del hospital, y estás embarazada. Si hay un momento en que necesites ayuda, ése es ahora.

Ella se relajó, negándose a estropear los primeros momentos en su nuevo hogar.

Hogar. La palabra le golpeó en el pecho, pero sacudió la cabeza. Ella no tenía ningún hogar.

—¿Sucede algo? —preguntó él cuando se pararon frente a la puerta.

Avergonzada por el despliegue de emociones, ella negó con la cabeza.

Piers abrió la puerta y entraron en un amplio recibidor del cual surgía una elegante escalera que se curvaba en la parte superior donde un pasillo conectaba ambos lados de la casa.

–Ven al salón. Yo me ocuparé de tus cosas.

Ella se dejó conducir hasta un cómodo sillón de cuero que ofrecía una bonita vista del patio.

¿Cómo sería vivir en una casa así? Llena de risas y de niños. De repente, se le ocurrió que era totalmente posible que parte de ese sueño se hiciera realidad.

Jewel contempló la hinchada barriga y la acarició. El bebé dio una patada y su madre sonrió.

Quería darle a su hija todo lo que ella jamás había tenido. Amor, aceptación. Un hogar estable.

¿Le proporcionaría Piers todo eso? Todo, menos el amor. ¿Podría ella amar a su bebé lo bastante para compensar la existencia de un padre que no la quería a ella ni a su madre?

Había hecho justo lo que se había jurado a sí misma que nunca haría.

Piers entró en el salón con las dos maletas de la joven.

–Subiré esto arriba y bajaré a preparar algo de comer. ¿Necesitas algo mientras tanto?

–Estoy bien –contestó ella, nerviosa ante tanta consideración.

–Bien. Entonces, volveré enseguida.

Le oyó subir las escaleras y se acercó hasta la puerta de la terraza. Con las manos apoyadas en el cristal contempló el magnífico jardín.

Era precioso, pero tenía un aire casi estéril, como si nadie lo tocara jamás. Parecía… artificial. Sin un ser vivo. No como el mar, siempre vivo, rugiente y, a veces, pacífico y sereno.

Una mano se apoyó en su hombro y dio un brinco. Al girarse, vio a Piers con expresión dulce.

—Siento haberte asustado. Te llamé, pero al parecer no me oíste.

Ella sonrió tímidamente, repentinamente nerviosa en su presencia.

—Es precioso, ¿verdad?

—Sí, lo es —admitió Jewel—. Aunque yo prefiero el mar. Es más… indómito.

—¿Te parecen mansos estos jardines?

—Sí.

—Creo que sé lo que quieres decir. ¿Te apetece comer? Ya tengo algo preparado.

—¿Podríamos comer fuera? —ella lo miró de soslayo—. Hace un día precioso.

—Como gustes. ¿Por qué no vas saliendo? Llevaré la comida enseguida.

Cuando Piers desapareció por la puerta, ella salió al patio empedrado.

El frescor le provocó un escalofrío, pero el día era hermoso, uno de los escasos días en que ni una nube cubría el cielo azul, y no quería desperdiciarlo permaneciendo en el interior.

Se sentó en una silla y esperó a Piers. Le resultaba extraño que ese arrogante hombre la sirviera. Piers apareció con dos bandejas que dispuso sobre la mesa. Jewel agarró el tenedor, pero cometió el error de levantar la vista antes de empezar a comer. Él la miraba fijamente.

—Tenemos mucho de que hablar, Jewel. Después de comer, me gustaría mantener la conversación que deberíamos haber tenido hace mucho tiempo.

Sonaba siniestro, y una punzada de inquietud la atravesó. ¿Qué les quedaba por discutir? Le había exigido que se casara con él y ella había accedido.

Comieron en silencio, aunque el calor de su negra mirada le quemaba la piel.

Terminada la comida, ella dejó el tenedor en el plato, pero volvió la vista hacia el jardín.

—No te servirá de nada ignorarme.

Convencida de tener una expresión de culpabilidad en el rostro, se volvió. Se sentía como una niña, pero ese hombre le ponía nerviosa.

—Debemos aclarar unas cuantas cosas. Sobre todo lo de tu despido.

—Preferiría no discutir sobre eso —ella se puso tensa y apretó los puños—. No puede surgir nada bueno de ello, y se supone que debo controlar mi nivel de estrés.

—Jamás tuve intención de despedirte, Jewel. Fue totalmente indigno y acepto toda la culpa.

—¿Y de quién si no sería la culpa? —preguntó ella.

—No era lo que yo pretendía —insistió él.

—Lo pretendieras o no, fue lo que sucedió. Curiosa coincidencia que me echaras en cuanto averiguaste quién era, ¿no te parece?

—No me lo vas a poner fácil, ¿verdad? —Piers resopló con fuerza y entornó los ojos.

—¿Por qué debería facilitarte las cosas? —ella lo miró fijamente—. Para mí no fue fácil. No me quedaba dinero. No tenía trabajo. Vine aquí porque era el único lugar al que podía ir, y el de camarera fue el único trabajo que encontré. Poco después empecé a enfermar...

—Tienes razón. Lo siento.

Él parecía y sonaba sincero. Lo bastante como

para que la siguiente pregunta se escapara de labios de Jewel antes de que pudiera reflexionar sobre ella.

–Si se supone que no debía ser despedida, ¿exactamente por qué terminé así?

–Como te he dicho –Piers hizo una mueca y se pasó la mano por los cabellos–. Fue culpa mía. Le dije a mi director de recursos humanos que te trasladara, o te ascendiera o te pagará la totalidad del contrato, pero me temo que las primeras palabras que salieron de mi boca fueron que se deshiciera de ti. El resto, desgraciadamente, no lo oyó porque se cortó la comunicación. Cuando volví al hotel y descubrí que te habías marchado intenté, sin éxito, encontrarte. De hecho, ya había perdido toda esperanza de saber de ti hasta que llamaste.

Ella lo miró estupefacta. En primer lugar, no podía creerse que hubiera admitido su equivocación. En segundo lugar, no le cabía en la cabeza que la hubiera estado buscando.

–No lo entiendo –ella se sentía confusa–. ¿Por qué no nos comportamos como adultos? ¿Por qué era tan importante para ti deshacerte de mí? Comprendo que la situación no era la ideal, pero fue un error inocente. Ninguno de los dos sabíamos quién era el otro, o Dios sabe que jamás me habría acostado contigo aquella noche.

–Entonces me alegro de que no supieras quién era yo –susurró él.

–Sí –ella contempló su barriga–. Ya no lo lamento en absoluto.

–¿Lo hiciste al principio?

Él no parecía ofendido, sólo sinceramente curioso. Hasta ese momento se había mostrado franco con ella y se sentía obligada a mostrarse igualmente sincera con él.

—No. No lamento la noche que pasamos juntos.

—Contestando a tu pregunta —él pareció satisfecho con la respuesta—, no fue nada personal. Mantengo una estricta política sobre no permitir que nadie que trabaje cerca de mí tenga alguna clase de relación personal conmigo. Desgraciadamente, es una norma necesaria.

—Lo dices como si te hubiera sucedido algo —ella enarcó una ceja.

—En cierto modo. La ayudante personal de mi hermano se enamoró de él, pero también vendió secretos de la empresa y chantajeó a mi cuñada.

—Parece un culebrón —murmuró Jewel.

—Sí que lo pareció en su momento —él rió.

—Podrías simplemente habérmelo dicho. Me lo debías —ella lo miró fijamente—. De haber sido franco conmigo, nada de todo esto habría sucedido. No habría habido ningún malentendido.

—Tienes razón. Me temo que la sorpresa de descubrir quién eras me nubló la razón. Lo siento.

La disculpa consiguió mitigar parte del enfado de la joven. Para ser sincera, aún le guardaba rencor. No es que hubiera esperado amor eterno, pero ¿acaso esa noche no había significado nada? ¿Ni siquiera lo bastante como para despedirla en persona?

Sin embargo, era consciente de que debía librarse de parte de ese resentimiento si quería que el matrimonio no fuera complicado y plagado de animosidad.

—Acepto tus disculpas.

—¿De verdad? —él la miró sorprendido.

–No te he dicho que te hayas convertido en mi mejor amigo –dijo ella secamente–. Simplemente que acepto tus disculpas. Parece lo más correcto ante nuestras inminentes nupcias.

–Tengo la sensación de que vamos a llevarnos bien, *yineka mou* –él la miró divertido antes de bajar la vista a la prominente barriga–. Suponiendo que me estés diciendo la verdad.

Durante unos segundos, el dolor se reflejó en la mirada de Piers y ella se preguntó qué demonios le habría ocurrido en el pasado para hacer que se mostrara tan desconfiado. No deseaba ser el padre de su hija. Quería que ella fuera mentirosa y estafadora.

–No me hace ningún bien decirte que eres el padre de mi hija si estás empeñado en no creerme –dijo ella–. Tras la prueba de paternidad lo sabrás.

–Sí. Desde luego que lo sabremos –dijo él.

–Si me disculpas, necesito mi portátil –ella se puso en pie–. Debo enviar un mensaje.

–Y yo tengo que organizar los preparativos para la boda.

Ella asintió porque, si intentaba decir algo, se iba a atragantar. Sin mirar atrás, corrió dentro de la casa. Piers no le había dicho cuál era su dormitorio, pero lo encontró sin problema.

Empezó por sacar su ropa y guardarla antes de sentarse sobre la cama con el portátil. Comprobó su correo electrónico, pero no había ningún mensaje de Kirk. Tampoco lo esperaba. A veces pasaban meses sin comunicarse. Aun así, tenía la sensación de que le debía una explicación, y por eso le contó todo en un correo que le llevó media hora redactar.

Una vez terminado, se sentía agotada y bastante

estúpida. Kirk no podía darle ningún consejo, pero se sentía mejor si descargaba parte de sus preocupaciones. Él conocía mejor que nadie sus miedos hacia el matrimonio y el compromiso.

Sin apagar el portátil, se recostó sobre las almohadas y contempló el techo. Su futuro jamás le había parecido más terrorífico como en aquellos momentos.

Piers subió las escaleras hasta el dormitorio de Jewel. Llevaba dos horas ausente, tiempo más que suficiente para terminar sus asuntos personales.

Llamó a la puerta, pero no hubo respuesta. Preocupado, la abrió y entró en el dormitorio.

Jewel estaba tumbada con el rostro enterrado en las almohadas. Profundamente dormida. Parecía agotada.

El portátil estaba peligrosamente cerca del borde de la cama y él lo agarró antes de que cayera al suelo. Al colocarlo sobre la mesa, la pantalla se iluminó y vio un mensaje. Era de un tal Kirk.

Con el ceño fruncido, echó un vistazo a la vista previa y leyó el breve mensaje.

Jewel:
Voy de camino a casa. No hagas nada hasta que vuelva. ¿De acuerdo? Aguanta. Estaré allí en cuanto pueda tomar un vuelo.
Kirk

Piers se puso tenso. El infierno se congelaría antes de permitir que ese hombre interfiriera en su relación con Jewel. Ella había accedido a casarse con él, y eso iba a hacer. Jamás permitiría que las decisiones las tomara otro hombre.

Sin dudar, eliminó el mensaje y vació la papelera para eliminarlo permanentemente del ordenador. A continuación dejó de nuevo el portátil sobre la cama.

Durante largo rato contempló el rostro de la joven. Incluso dormida, parecía preocupada.

¿Qué demonios había sucedido en su vida? No confiaba en él. Tampoco es que la culpara por ello, pero iba más allá de la ira o de un sentimiento de traición. En algún lugar, alguien le había hecho mucho daño. Ya tenían algo en común.

Por mucho que se jurara a sí mismo que jamás le haría daño y que la protegería de quienes sí se lo harían, sabía que, si le había mentido sobre el bebé, la aplastaría sin pensárselo dos veces.

Capítulo Ocho

Jewel estudió el severo rostro de su abogado y se preguntó si existiría algo parecido a un abogado con sentido del humor. Todos parecían unos fríos y calculadores tiburones.

Claro que, tratándose de su futuro y del de su hija, lo que quería era precisamente al tiburón más grande y malo de todo el océano.

—El acuerdo está bastante claro, señorita Henley. En síntesis, establece que, en caso de divorcio, tanto el señor Anetakis como usted conservarán los bienes de su propiedad.

Jewel sonrió. ¿Qué bienes? Ella no tenía nada, y Piers lo sabía.

—¿Y qué más? —preguntó ella con impaciencia. Tenía que haber algo, una cláusula oculta. Necesitaba averiguarlo—. Quiero una detallada explicación. Línea por línea.

—Muy bien —el abogado se puso las gafas y se volvió a sentar con los papeles en la mano—. El señor Anetakis se ocupará de su manutención, independientemente de la paternidad del bebé. Si el ADN demuestra que la niña es suya, él conservará la custodia en caso de divorcio.

—¿Qué? —ella se quedó boquiabierta y agarró la hoja que leía el hombre—. Se ha vuelto malditamente loco. De ninguna manera firmaré algo que me prive de la custodia de mi hija.

–Puedo modificar esta cláusula, pero es probable que él no se muestre de acuerdo.

–Me importa un bledo que esté de acuerdo o no –murmuró ella entre dientes–. No lo firmaré hasta que la dichosa cláusula sea retirada por completo –furiosa, volvió a arrancar la hoja de las manos del abogado que intentaba recuperarla–. Da igual. Lo haré yo misma.

Salió del despacho hecha una furia. Piers aguardaba en la sala de espera, sentado en un extremo con el portátil conectado mientras hablaba por el móvil.

–¿Ocurre algo? –levantó la vista y, lentamente, cerró el portátil.

–Ya te digo –rugió ella mientras le arrojaba la hoja de papel y le señalaba la cláusula sobre la custodia–. Si pretendes que firme cualquier cosa que me pueda privar de la custodia de mi hija, eres idiota. Sólo muerta me separarán de mi bebé. Por lo que a mí respecta, puedes tomar este... este acuerdo prenupcial y metértelo por donde nunca te dará el sol.

–Supongo que no pensarías que iba a renunciar a la custodia de mi hija –él enarcó una ceja y la miró en silencio–. En caso de que resulte ser el padre.

–No pierdes una oportunidad para criticarme –ella alzó las manos desesperada–. Sé que no crees que este bebé sea tuyo. Pero el que me lo recuerdes constantemente sólo servirá para fastidiarme cada vez más. ¿No has oído hablar de la custodia compartida? Ya sabes, cuando los padres piensan en el bien del hijo y acuerdan que pase la misma cantidad de tiempo con ambos.

–Si la niña es mía, no tengo intención de verla a temporadas, ni a plegarme a tu agenda. Desde luego yo le puedo dar mucho más que tú. Estoy seguro de que estará mejor conmigo.

–Eres un bastardo santurrón –ella apretó los puños, presa de la ira que ardía en sus venas como el ácido–. ¿De dónde sacas la idea de que mi hija estaría mejor contigo? ¿Porque tienes más dinero? Pues entérate, el dinero no puede comprar el amor, ni la seguridad. No puede comprar sonrisas ni felicidad. Todo aquello que más necesita un niño. Francamente, el hecho de que pienses que estaría mejor contigo me indica que no sabes nada sobre los niños o el amor. ¿Cómo ibas a saberlo? Dudo mucho que hayas amado a alguien en tu vida.

El pecho de Jewel se agitaba nerviosamente y el papel no era más que una bola arrugada en su mano. Hizo ademán de arrojárselo a los pies, pero él fue más rápido y le agarró la muñeca. Sus ojos reflejaban ira, la primera señal de una emoción sincera que ella le hubiera visto nunca.

–Das por hecho demasiadas cosas –contestó él con frialdad.

–No lo firmaré, Piers –ella se soltó y dio un paso atrás–. Por muy desesperada que estuviese, jamás firmaría la renuncia de mis derechos sobre mi hija.

–De acuerdo –dijo él al fin tras estudiarla impertérrito largo rato–. Haré que mi abogado modifique la cláusula. Le llamaré para que nos envíe un nuevo acuerdo.

–Yo esperaría un poco –dijo ella secamente–. Aún no he terminado.

Jewel se dio media vuelta y se encaminó hacia el despacho del abogado al que encontró en la puerta con una expresión divertida reflejada en el rostro.

–¿Qué está mirando? –rugió ella.

–¿Nos ponemos con sus alegaciones al acuerdo? –dijo él con voz seria, aunque sus ojos reflejaban un sospechoso brillo.

Tres horas más tarde el contrato definitivo salió del despacho del abogado de Piers y, tras leerlo detenidamente, ambos interesados lo firmaron juntos.

Jewel había insistido en un acuerdo inflexible según el cual compartirían la custodia de la niña, pero siendo ella la principal custodia. Era consciente de que Piers no se mostraba feliz con los términos, pero se había negado en redondo a firmar otra cosa que no fuera ésa.

–Está claro que no sabes nada sobre el arte de la negociación –dijo Piers secamente mientras abandonaban el despacho del abogado.

–Hay cosas que no son negociables. Que no deberían serlo. Mi hija no es una moneda de cambio. Y jamás lo será –dijo ella con firmeza.

–Lo único que pido –él alzó las manos en un gesto de rendición–, es que entiendas mi punto de vista. Tan decidida como estás tú a conservar la custodia, lo estoy yo a no ceder la mía.

Algo en la expresión del hombre hizo que ella se ablandara y parte de su ira desapareciera. Durante un instante habría jurado que parecía asustado y un poco vulnerable.

–Entiendo tu postura –dijo ella con calma–. Pero no pediré disculpas por reaccionar como lo hice. Fue algo sucio y vil.

–Entonces te pido disculpas. No era mi intención alterarte de ese modo. Simplemente pretendía que mi hija se quedara donde debía estar.

–A lo mejor lo que deberíamos estar haciendo era concentrarnos en que el divorcio nunca llegue a producirse –contestó ella–. Si conseguimos que funcione, no habrá que preocuparse por ninguna batalla por la custodia.

–Tienes razón –él asintió y abrió la puerta del coche ayudándole a entrar–. La solución está en asegurarnos de que nunca llegaremos al divorcio.

Cerró la puerta, rodeó el coche y se sentó al volante antes de poner el motor en marcha.

–Y ahora que nos hemos quitado de encima lo peor, pasemos a los aspectos más alegres de preparar una boda.

Y de ese modo se inició una tarde de compras. La primera parada fue en una joyería. Al serles mostrada una bandeja de anillos de compromiso de diamantes, ella cometió el error de preguntar el precio. A Piers no le gustó que lo hiciera, pero el joyero contestó con naturalidad. A la joven le faltó poco para tener que recoger la mandíbula del suelo.

Sacudió la cabeza y se separó del mostrador. Piers la agarró por la cintura y, divertido, la obligó a acercarse.

–No me defraudes. Como mujer, se supone que deberías estar genéticamente predispuesta a elegir el anillo más grande y caro de la tienda.

–Es cierto –dijo el joyero con solemnidad.

–De todos modos, no es de buena educación preguntar el precio –continuó Piers–. Elige el que quieras y finge que no lleva etiqueta.

–Su novio es un hombre muy sabio –dijo el hombre tras el mostrador con ojos burlones.

Mientras intentaba ignorar el hecho de que con

uno de esos anillos se podría alimentar a todo un país del tercer mundo, estudió cada pieza. Al fin encontró el anillo perfecto.

Era un sencillo diamante con forma de pera, perfecto hasta donde su profano ojo podía asegurar. A cada lado había un pequeño racimo de diminutos diamantes.

–Su dama posee un gusto exquisito.

–Sí. ¿Éste es el que quieres, *yineka mou?* –preguntó Piers.

–Pero no quiero saber cuánto cuesta –ella asintió intentando ignorar una náusea.

–Si te hace sentir mejor –Piers rió–. Haré un donativo por el valor del importe del anillo a la obra de caridad que prefieras.

–Te estás burlando de mí.

–De ninguna manera. Es bueno saber que mi esposa no me arruinará en un año.

Ella lo miró airada mientras él hacía un visible esfuerzo por no echarse a reír. Maravillada, contempló la soltura con que le entregaba la tarjeta de crédito al dependiente, como si estuviera pagando una copa y no un anillo que debía de valer miles de dólares.

–Déjatelo puesto –él le puso el anillo–. Es tuyo.

Ella contempló la mano, incapaz de disimular su admiración. Era un anillo fabuloso.

–Y ahora que hemos solucionado el tema del anillo, deberíamos pasar a otra cosa, como el vestido o cualquier otra ropa que puedas necesitar.

–¡Vaya! Un hombre al que le gusta ir de compras. ¿Cómo has conseguido permanecer soltero hasta ahora? –bromeó ella.

Toda expresión abandonó el rostro de Piers y ella

se recriminó mentalmente por haber dicho algo incorrecto en el momento menos correcto.

Decidida a salvar el resto del día, le tomó del brazo mientras salían de la joyería.

—Me muero de hambre. ¿Podemos comer antes de seguir con las compras?

—Por supuesto. ¿Qué te apetece comer?

—Me encantaría un enorme y poco recomendable filete —contestó ella con añoranza.

—Entonces que así sea —él rió—. Vamos a matar a una o dos vacas.

Capítulo Nueve

El hecho de que Jewel se escondiera en su habitación no le convertía en una cobarde. Simplemente era reservada y cautelosa. En la planta inferior, Piers saludaba a su familia, llegada para la boda. Ella seguía sin comprender por qué. No era una ocasión festiva para celebrar la unión de dos almas gemelas y toda esa almibarada parafernalia de las bodas.

Lo único que sabía de los Anetakis era que Piers tenía dos hermanos mayores, que ambos se habían casado recientemente, y que al menos un bebé se había incorporado al clan.

Por lo que Piers le había contado, sus hermanos estaban vomitivamente enamorados.

Cerró los ojos y tuvo que admitir que se moría de envidia, y que odiaba la idea de conocer a esa gente tan asquerosamente feliz.

Sin duda Piers les había contado que la boda se debía a un revolcón y un condón defectuoso.

Se miró en el espejo e intentó borrar la expresión sombría de su rostro. El vestido elegido para la ocasión era uno recto de color blanco con tirantes. La tela se fruncía delicadamente a la altura del pecho y se amoldaba a su cuerpo antes de ajustarse sobre la tripa y colgar suelto después.

Había dudado entre recogerse el pelo o dejarlo

suelto. A Piers parecía haberle encantado el peinado que había llevado la noche que se conocieron y, en un impulso de vanidad, se lo cepilló hasta hacerlo brillar y lo dejó caer suelto sobre los hombros.

Por último, perdió el tiempo, como la cobarde que era, consciente de que la esperaban.

No supo cuánto tiempo llevaba en su habitación cuando una cálida mano se posó sobre su hombro desnudo, pero no se dio la vuelta. No le hacía falta. Sabía que era Piers.

De repente, algo frío se deslizó por su cuello y ella se volvió.

−No te muevas −dijo él mientras cerraba la gargantilla−. Es mi regalo de bodas. Hay unos pendientes a juego, pero no me acordaba de si tenías los lóbulos perforados.

−Piers, esto es demasiado −ella se volvió hacia el espejo y soltó una exclamación de sorpresa al ver el exquisito collar de diamantes.

−Mis cuñadas me han asegurado que nada es demasiado para una esposa −él sonrió.

−Parecen unas mujeres muy sabias −ella le devolvió la sonrisa.

−¿A que no ha sido tan difícil?

−¿Qué? −ella frunció el ceño.

−Sonreír.

Jewel lo miró con expresión culpable mientras aceptaba la cajita que contenía unos impresionantes pendientes de diamantes.

−¿Tienes los lóbulos perforados?

−Casi nunca llevo pendientes −ella asintió−, pero están perforados.

−Entonces espero que hoy lleves éstos.

Ella se los puso sin dilación y se volvió hacia él. Piers la miraba fijamente.

–Hablando de mis cuñadas. Están ansiosas por conocerte.

–¿Y tus hermanos no? –preguntó ella.

–Ellos se muestran un poco más comedidos en su recibimiento. Se preocupan por mí. Me temo que es tradición familiar intentar arruinar la boda de los demás –dijo secamente.

Bueno, al menos eres sincero –ella no sabía si reír o sentirse abatida. Al final ganó la risa–. Y te estoy agradecida. Evitará que haga el ridículo en su presencia.

–No tienes nada que ocultar –él se encogió de hombros–. Vas a convertirte en mi esposa y eso te da derecho a un merecido respeto. De todos modos, Theron es el blando de la familia. Le tendrás comiendo de la palma de tu mano en pocos minutos.

Ella no se imaginaba a nadie emparentado con Piers siendo «blando».

–¿Estás lista? –preguntó él mientras le daba un tranquilizador apretón en el hombro–. Tenemos el tiempo justo para presentarte a mi familia antes de que llegue el pastor para la ceremonia.

Ella respiró hondo y asintió.

Piers le tomó firmemente la mano y la condujo a la planta inferior de donde surgía el murmullo de las voces de los invitados.

El estómago se le llenó de mariposas y el bebé dio una patada, quizás una protesta por la intranquilidad de su madre.

Al entrar en el salón, Jewel se sintió algo abrumada. Los dos hombres eran, claramente, hermanos de Piers. Se parecían mucho. Ambos eran altos y de cabellos oscuros, pero tenían los ojos más claros que Piers, de un tono ligeramente dorado.

Las dos mujeres no podían ser más diferentes entre ellas. Pero antes de poder continuar su silenciosa inspección, los invitados levantaron la vista y la vieron.

Los hermanos la miraron con reserva, mientras que las mujeres sonrieron acogedoras.

–Ven. Te presentaré –murmuró Piers mientras se acercaban al grupo–. Jewel, éste es mi hermano mayor, Chrysander, y su esposa, Marley. Su hijo, Dimitri, se ha quedado con la niñera.

–Encantada de conoceros –Jewel les ofreció una sonrisa temblorosa.

–Y nosotros nos alegramos de conocerte a ti –Marley sonrió y sus ojos azules brillaron amistosos–. Bienvenida a la familia. Espero que seas feliz. ¿Cuándo te toca?

–Estoy de poco más de cinco meses –contestó Jewel con una sonrisa.

–Hola, Jewel –dijo Chrysander con voz profunda.

–Y éste es mi hermano, Theron –Piers se volvió hacia la otra pareja–, y su esposa, Bella.

–Nos sentimos muy felices de conocerte –sonrió Bella–. ¿Verdad, Theron?

–Por supuesto, Bella *mou* –dijo el aludido en tono burlón. Daba la sensación de que toda intención de mantenerse serio se esfumara al mirar a su esposa–. Bienvenida a nuestra familia. No estoy muy seguro de si debo felicitarte o darte el pésame por casarte con mi hermano.

–Si ya has terminado de insultarme –Piers soltó un bufido–, quisiera ofreceros una copa para celebrar la ocasión. El pastor debe de estar a punto de llegar.

Piers fue en busca de una botella helada de champán y los demás contemplaron a Jewel con curiosidad. Tras servir una copa a todos, le entregó a su futura esposa un vaso de agua mineral y ella se sintió conmovida ante la consideración mostrada, sonriéndole a modo de agradecimiento.

—Nuestros mejores deseos para un... matrimonio largo y feliz —dijo Chrysander tras aclararse la garganta y mientras Marley le tomaba del brazo.

Todos alzaron sus copas y, por un instante, Jewel deseó que pudiera ser verdad y que aquélla se convirtiera en su familia, y que Piers y ella estuvieran enamorados y esperando su primer hijo con la alegría de una pareja felizmente casada.

Las lágrimas asomaron a sus ojos mientras se despedía del sueño y abrazaba la realidad.

—¿Qué sucede, *vineka mou*? —le susurró Piers al oído—. ¿Qué te pasa?

—Estoy bien —dijo ella mientras fingía una brillante sonrisa.

El timbre de la puerta sonó y ella dio un respingo.

—Será el pastor que viene para casarnos —él le acarició un brazo con la mano—. Voy a abrirle.

—Contigo y con Marley, Theron se va a armar un lío —dijo Bella.

—¿Y eso por qué? —preguntó Theron.

—Todos estos bebés y mujeres embarazadas —dijo ella—. Espero que al fin Theron capte la indirecta e intente dejarme embarazada también uno de estos días.

Jewel rió, encantada con el sentido del humor de Bella y lo relajada que se mostraba con todos. Resultaba obvio que su posición en la familia no le preocupaba. Y nadie parecía molestarse lo más mínimo por sus manifestaciones.

Marley intentó reprimir una carcajada mientras Chrysander gruñía. Los ojos de Theron emitieron un sensual brillo que casi hizo que Jewel se sintiera como un *voyeur*.

–De eso nada, Bella *mou*. Tenemos que practicar mucho antes de que te deje embarazada.

–¿Lo ves, Jewel? Los Anetakis no son tan difíciles de domar –dijo alegremente Bella–. Marley ha conseguido que Chrysander se ponga en una admirable forma física, y yo he conseguido que Theron piense como yo. Seguro que tú tendrás el mismo éxito con Piers.

–Theron, sujeta a tu mujer –dijo Chrysander con dulzura–. Está sembrando la rebelión entre las filas femeninas.

Marley le dio un codazo, pero su mirada reflejaba diversión y amor.

Piers volvió con un hombre mayor. El pastor sonrió y avanzó hacia Jewel con las manos extendidas.

–Tú debes de ser la novia. Eres encantadora. ¿Preparada para empezar con la ceremonia?

Ella tragó con dificultad y asintió. Le temblaban las piernas.

El pastor saludó a los demás y, tras unos momentos de conversación, Piers le hizo un gesto para que comenzara.

Al menos para Jewel, aquello resultaba de lo más extraño. El resto se comportaba como si acudiera a diario a esa clase de ceremonias. Piers y ella se colocaron frente al pastor, flanqueado cada uno por una pareja.

Un nudo se le formó en la garganta al oír a Piers prometerle amor y honra el resto de sus días, hasta que la muerte los separara. De repente fue consciente de que deseaba que él la amara. ¿Por qué? ¿Significaba eso que ella lo amaba a él? No, no era así. No podía. No sabía amar a nadie, más de lo que sabía ser amada. Pero eso no le impidió sentir un anhelo en su interior.

Concluida la ceremonia, Piers la besó furtivamente en los labios y se hizo a un lado para recibir las felicitaciones, no demasiado efusivas, de sus hermanos.

Chrysander insistió en invitarles a todos a comer, y una limusina condujo a las tres parejas al centro de la ciudad, a un lujoso restaurante famoso por su marisco.

Jewel tenía hambre, pero la idea de estar casada atemperó ligeramente su apetito. Picoteó del plato una y otra vez hasta llamar la atención de Piers.

Él le tomó la mano, y la alianza que le había puesto unas horas antes brilló bajo la tenue luz junto al anillo de diamantes de pedida.

—¿Lista para volver a casa? —susurró él—. Puedo deshacerme de ellos en cuanto quieras.

—Es tu familia —protestó ella—. No tengo intención de acortar su visita.

—Eres muy considerada, *yineka mou* —él rió—, pero nos vemos a menudo, y si hay un día en que tengo pleno derecho a deshacerme de ellos, ése es sin duda el día de mi boda. Lo comprenderán, no hace mucho que celebraron sus propias noches de boda.

Ella se quedó helada a medida que la verdad se hacía patente. No podía estar pensando en... ¿o sí? Había estado presente cuando el médico había dicho que no había motivo por el cual no pudieran hacer el amor, pero ella había dado por hecho que Piers había comprendido que el médico pensaba que su relación era normal. ¿Acaso deseaba hacerle el amor? ¿Pretendía consumar el matrimonio?

Piers le acarició el dorso de la mano mientras se volvía a los demás y les explicaba que Jewel y él estaban listos para marcharse.

Se sucedieron abrazos, besos y despedidas. Piers abrazó a sus cuñadas y fue correspondido por un evidente afecto.

A continuación se marcharon. Piers había cedido la limusina a los invitados y llamó a un coche para que fuera a recogerles. El trayecto a la casa fue silencioso y, al fin, incapaz de soportar más tiempo la tensión, Jewel se volvió hacia su marido y se encontró con la negra mirada fija en ella.

—¿Qué te preocupa, *yineka mou*?

—¿En serio esperas una noche de bodas? —balbuceó ella.

Unos dientes blancos brillaron en la penumbra del coche. Una sonrisa claramente depredadora.

—Por supuesto. Ahora eres mi esposa. Lo normal tras una boda es una noche de bodas, ¿no?

—Es que… no estaba segura. Quiero decir que esto no es un matrimonio de verdad y no pensé que quisieras tener nada que ver conmigo.

—Al contrario. Mi intención es que sea un matrimonio de lo más real —dijo él con dulzura—. Del mismo modo que pretendo que esta noche, y todas las demás noches, duermas en mi cama.

Capítulo Diez

Lo único que tenía que hacer era decir «no». Jamás la forzaría. Jewel bajó del coche, ayudada por Piers, que le tomó de la mano. El aire frío de la noche le provocó un escalofrío e, inconscientemente, se arrimó más a él buscando su calor.

La cuestión era si de verdad quería decirle que no. ¿De qué serviría, salvo para hacerle confiar aún menos en ella y sus motivos?

En cuanto la idea se materializó en su mente, apretó los dientes con rabia. Si el único motivo para acostarse con él era evitar que desconfiara de ella, necesitaba que le examinaran la cabeza.

«Admítelo. Lo deseas».

Eso era. El recuerdo de la única noche que habían compartido aún ardía en su mente. Estaba casada con él y deseaba que la amara.

Decidida a entregarse al matrimonio sin pasar por el martirio, apretó con más fuerzas la mano de Piers y corrió con él al interior de la casa.

—Hoy ha sido un día duro, *yineka mou*. Espero que no haya sido demasiado para ti y el bebé.

¿Había cambiado de idea? Daba la sensación de estarle ofreciendo una salida.

—Estoy perfectamente bien —aclaró ella con dulzura.

—¿En serio? —él apoyó suavemente las manos sobre los delicados brazos.

Ella lo miró a los ojos, plenamente consciente de qué le estaba preguntando en realidad. Después, asintió lentamente mientras la excitación aumentaba por momentos.

–Debes estar segura, Jewel. Debes estar completamente segura.

Ella volvió a asentir y, antes de poder decir o hacer nada más, Piers la atrajo hacia sí y la besó en los labios con pasión.

Ella se quedó prácticamente sin aliento. ¿Cómo era posible que le hiciera sentir tal debilidad?

La lengua de Piers invadió su boca, deslizándose sensualmente, primero sobre los labios y luego en el interior, saboreándola y ofreciéndole su sabor.

–Qué dulce –murmuró–. Qué dulce. Te deseo, *yineka mou*. Dime que tú también me deseas. Déjame llevarte arriba. Quiero volver a hacerte el amor.

–Sí. Por favor, sí –al ser levantada en vilo, soltó una exclamación–. Piers, no. Peso demasiado.

–¿Acaso dudas de mi fuerza? –preguntó él en tono burlón mientras subía las escaleras.

–Estoy tremenda –insistió ella con exasperación.

–Estás preciosa.

Él la llevó en brazos hasta el dormitorio principal y la tumbó cuidadosamente sobre la cama. Con delicadeza, le deslizó los tirantes sobre los hombros y los dejó caer. Tiró un poco más hasta que el vestido cedió sobre los sensibles pechos.

Poco a poco fue bajando el vestido por el cuerpo de Jewel. Tras deslizarlo por los tobillos lo dejó caer al suelo.

Una fuerte sensación de cosquilleo le recorrió las piernas a medida que él las acariciaba con las manos

hasta las caderas. Deslizó los pulgares bajo las bra-
guitas y se agachó para besar dulcemente la barriga
antes de desnudarla por completo.

Las piernas de ella se abrieron en dulce anticipación mientras la boca de él bajaba más y más.

Piers deslizó las manos por debajo del cuerpo de
Jewel y la obligó a abrirse un poco más mientras la
lengua encontraba su punto más sensible. Ella arqueó
la espalda salvajemente hacia atrás mientras el placer la
consumía.

A ella le costaba respirar, le costaba pensar, le costaba hacer nada que no fuera sentir. Y justo cuando
pensaba que ya no podría soportarlo más, él se retiró
y ella gruñó a modo de protesta.

—Shhh —él le murmuró dulces palabras en griego
mientras se acomodaba sobre ella.

¿Cómo se había desnudado sin que ella lo hubiera advertido?

Piel contra piel. Suave. Reconfortante. Un bálsa-
mo para sus enloquecidos sentidos. La masculina
boca se cerró sobre uno de los erectos pezones, chupando y tironeando. Con una mano apoyada sobre la
barriga, los dedos acariciaron posesivamente.

Era el primer movimiento de reconocimiento hacia la presencia del bebé.

—Separa las piernas para mí, *yineka mou*. Dame la
bienvenida.

Ella apenas era capaz de responder. Temblaba violentamente mientras él se acomodaba entre sus muslos
con el miembro viril empujando impacientemente.

De repente, con una suave embestida, estuvo dentro de ella.

Ella gritó y hundió las uñas en los hombros de Piers.

—Eso es. Sujétate a mí. Te tengo.

Sus labios se fundieron y sus lenguas se enredaron salvajemente mientras sus cuerpos se acercaban y separaban. La presión aumentó hasta que ella no fue capaz de soportarlo más. Su liberación explotó con la fuerza de un huracán.

Él la siguió, hundiéndose dentro de ella, una y otra vez hasta que su ronco gemido le llenó los oídos mientras se vertía en su interior.

Jewel cerró los ojos y permitió que la dulce felicidad la inundara antes de volver a la realidad, a los fuertes brazos de Piers que la rodeaban y la sujetaban tumbada contra su costado.

En un gesto posesivo, él posó una mano sobre la espalda de ella, que se derritió contra él y suspiró de felicidad. Se sentía segura. Más que eso, se sentía amada.

Jewel despertó a la mañana siguiente al sentir la presencia de Piers junto a la cama con la bandeja del desayuno y una rosa. Llevaba únicamente el pantalón del pijama de seda y la mirada de la joven se posó en el atlético pecho, un pecho sobre el que había dormido casi toda la noche.

—Buenos días —dijo él—. ¿Tienes hambre?

—Estoy hambrienta —admitió ella mientras se sentaba en la cama.

De repente se dio cuenta de que aún estaba desnuda y tiró de la sábana.

—No seas tímida conmigo —Piers le tomó la mano impidiendo que la sábana completara su trayecto ascendente—. He visto y saboreado cada centímetro de tu dulce cuerpo.

Ella soltó la sábana y relajó los hombros. Él se agachó y la besó lenta y prolongadamente.

Una noche de pasión, desayuno en la cama, tiernos besos y dulces palabras.

Si fuera real…

¿Acaso jugaba con ella? ¿Con sus emociones? ¿Cómo podía comportarse con tanto cariño si pensaba de ella que era una mentirosa y manipuladora?

—Ahora mismo te daría lo que me pidieras por tus pensamientos.

Ella pestañeó y se dio cuenta de que él la miraba fijamente. Lo mejor sería que no supiera en qué pensaba.

—Pensaba en lo agradable que es despertarse así —contestó ella con una sonrisa.

Él le acarició el labio inferior con el pulgar y luego la mejilla.

—Desayuna. Tu cita es dentro de dos horas.

Se había olvidado de la cita. Tenía una ecografía programada, junto con un análisis de sangre y debía decidir una fecha para su ingreso en el hospital.

—Voy a ducharme y a afeitarme —él dejó la bandeja sobre las piernas de su mujer—. Tengo que hacer unas cuantas llamadas y luego te llevaré a tu cita.

—Gracias.

—No hay de qué. Ahora te dejaré para que desayunes.

Ella lo contempló alejarse. A pesar del delicioso desayuno que tenía delante, su mente estaba en la ducha de Piers. De haber sido más atrevida, se habría unido a él, pero no se atrevía. Hasta ese momento había sido él quien había iniciado los movimientos. Y eso le había permitido estudiarlo y descubrir más cosas sobre ese hombre que había puesto su vida patas arriba.

Una vez más contempló el deslumbrante diamante que adornaba su dedo corazón. El peso le resultaba extraño. Aún no se había acostumbrado a él, pero se sentía fascinada por su aspecto y también por su significado. En cierto modo era una marca de posesión. Pertenecía a alguien.

Consciente de haberse pasado mucho tiempo soñando, desayunó aceleradamente. Tras ducharse y vestirse bajó a la planta baja donde encontró a Piers, al teléfono, en su estudio.

Al verla junto a la puerta, él hizo un gesto con la mano para indicarle que tardaría un minuto.

Sin querer interrumpir, ella decidió esperarlo en el salón. Piers no tardó mucho.

–He contratado a un chef. Llegará esta tarde, a tiempo para preparar la cena de hoy.

–No hacía falta. Te lo dije de broma.

–Al contrario. Fue una idea excelente. Lo que menos necesitas es estar de pie en la cocina y, si tuviera que encargarme yo, me temo que te cansarías de mi limitado repertorio culinario.

–Me estás malcriando –protestó ella sin demasiada convicción.

–Ésa es la idea –él sonrió tímidamente y sus ojos emitieron un peculiar brillo, el que siempre reflejaban cuando la miraban a ella–. ¿Estás lista? Deberíamos irnos por si hay tráfico.

Ella asintió y se levantó del sofá.

Cuando llegaron a la cita, Piers la sorprendió permaneciendo a su lado en todo momento.

Al llegar el momento de la ecografía, se comportó como un niño en una tienda de caramelos.

–¿Es ella? –preguntó mientras señalaba un diminuto puño.

—Se está chupando el pulgar —el ecografista sonrió—. Ahí está la barbilla y ahí el puño.

—Es preciosa —las lágrimas se deslizaron por las mejillas de Jewel al contemplar a su hija.

—Sí, lo es, *yineka mou* —Piers se volvió hacia ella con la voz cargada de emoción—. Tan preciosa como su madre.

—¿Y qué pasa con el quiste? —preguntó ella con ansiedad—. ¿Se ha encogido?

—Desgraciadamente no. Tendré que compararlo con la última vez, pero creo que ha crecido.

Jewel se sintió desfallecer y cerró los ojos. Había esperado un pequeño milagro. Que quizás el quiste se hubiera encogido para no tener que someterse a la operación.

—Hablaremos con el médico. Todo saldrá bien —Piers le tomó la mano y la apretó.

Ella se aferró a esa mano y a la confianza de las palabras de Piers, una confianza que necesitaba porque la suya se esfumaba por momentos.

El ecografista se marchó de la consulta y los futuros padres esperaron en medio de un silencio cargado de ansiedad. Él parecía demasiado tranquilo, pero ¿qué esperaba? Piers no deseaba a ese bebé. Ni siquiera pensaba que fuera suyo.

«Pero está aquí conmigo».

Y eso quería decir algo, ¿no?

El silencio fue interrumpido por el médico que, con gesto pensativo, estudiaba los resultados.

—Señorita Henley, me alegro de verla.

—Ahora es la señora Anetakis —Piers se aclaró la garganta—. Yo soy su marido, Piers —añadió mientras extendía una mano hacia el médico y Jewel pestañeaba perpleja al ver a su marido tomar el mando de la situación.

Los dos hombres discutieron sobre su estado y la cirugía como si ella no estuviera en la consulta. Enseguida la ira empezó a tomar forma. Se trataba de su salud, y de su bebé.

–Yo decidiré para cuándo se programará la operación –dijo ella furiosa.

–Por supuesto, *yineka mou* –Piers le acarició una rodilla–. Simplemente intento comprender qué nos jugamos aquí.

Ella se sonrojó, segura de parecer una quisquillosa. Sin embargo, sentía literalmente cómo se le escapaban los hilos de su vida, enredándose permanentemente en la de él.

–Cuanto antes mejor, señora Anetakis –dijo el doctor–. He consultado a un colega mío que asistirá a la intervención. Se trata de una operación delicada, pero confiamos en su éxito.

–¿Y mi bebé? –susurró ella.

–Su bebé estará bien –el hombre sonrió tranquilizadoramente.

–De acuerdo.

Mientras se preparaban para marcharse, Jewel recibió instrucciones de la enfermera sobre su ingreso en el hospital. Estaba muerta de miedo. Hasta ese momento había sido capaz de no pensar en ello, pero ya no podía postergarlo más.

–Ven –dijo Piers con calma mientras la conducía hasta el coche y la ayudaba a sentarse.

Durante los primeros kilómetros, viajaron en silencio.

–Cuéntame una cosa. Si pudieras elegir cualquier lugar en el mundo para vivir, ¿dónde sería?

–Supongo que en una playa –sobresaltada por la

pregunta, ella se volvió para mirarlo–. Siempre he soñado con una de esas grandes casas sobre una colina con vistas al mar –cerró los ojos mientras se imaginaba el sonido de las olas al estrellarse contra las rocas–, con una terraza para contemplar la puesta de sol. ¿Y tú?

–Nunca he pensado demasiado en ello –dijo sin desviar la mirada de la carretera, aunque su cuerpo se tensó ligeramente.

–¿Dónde vivías antes? Quiero decir antes de todo este asunto.

–No tengo una residencia fija –los labios de Piers dibujaron una sonrisa cínica–. Viajo mucho y, cuando no estoy en viaje de negocios, elijo uno de mis hoteles para alojarme.

–Tu vida se parece mucho a la mía.

–¿Y eso? –él inclinó la cabeza hacia un lado y la miró unos instantes.

–No tengo un hogar –ella se encogió de hombros.

–Supongo que tienes razón –él frunció el ceño como si nunca lo hubiera considerado–. Por muchas residencias que posea, no tengo un hogar. Quizás tú podrás solucionar eso, *yineka mou.*

El coche avanzó por el largo camino que conducía a la casa pero, hasta que no llegaron a la puerta, Jewel no reparó en el coche aparcado. ¿Esperaba Piers compañía?

–¡Kirk! –de repente, su mirada se posó en el hombre sentado en las escaleras.

En cuanto el coche se hubo parado, ella corrió hacia su amigo.

–¿Qué demonios está pasando, Jewel? –Kirk se puso en pie con una expresión sombría, aunque la abrazó con fuerza.

–Creo que soy yo quien debería hacer esa pregunta –intervino Piers con frialdad.

–Piers –Jewel se volvió hacia él–, éste es mi buen amigo, Kirk. Kirk, éste es Piers… mi marido.

–Maldita sea, Jewel –exclamó Kirk–. Te dije que esperaras hasta que yo viniera.

–¿De qué demonios me estás hablando? –ella se volvió hacia su amigo.

–Te envié un correo como respuesta al tuyo –furioso, hizo amago de avanzar hacia Piers.

–Yo no recibí ningún correo. Lo juro. Ni siquiera sabía si habías recibido el mío.

Piers se colocó junto a Jewel y la rodeó con un brazo con tanta fuerza que no le dejaba moverse.

–¿Y has venido hasta aquí sólo para felicitarnos? –preguntó con fingida amabilidad.

–Me gustaría hablar a solas con Jewel –Kirk frunció el ceño–. No me marcharé de aquí hasta que ella me convenza de que es esto lo que realmente desea.

–Cualquier cosa que tengas que decirle a mi esposa, puedes decirla delante de mí.

–Piers, basta –dijo ella bruscamente–. Kirk es un amigo muy querido, y le debo una explicación –ella se soltó y posó una mano sobre el brazo de Kirk–. ¿Has comido?

–He venido directamente desde el avión –él negó con la cabeza.

–Entonces, entra. Comeremos en el patio y hablaremos.

Sin decir una palabra, Piers se dio media vuelta y desapareció dentro de la casa.

–Un tipo simpático –murmuró Kirk.

–Vamos dentro –Jewel suspiró–. Comeremos algo.

Capítulo Once

Piers se quedó en el salón, y miró taciturno hacia la terraza donde Jewel entretenía a su invitado.

¿Exactamente qué significaba ese Kirk para ella? ¿Era el padre de su bebé? ¿La había dejado tirada y luego se había arrepentido? También era posible que los dos le estuvieran estafando.

Al ver sonreír a Jewel, y luego reírse abiertamente ante algún comentario de ese hombre, Piers entornó los ojos. Y mucho más cuando la atrajo hacia sí para abrazarla.

Los puños de Piers se cerraron con fuerza. Decidió darse media vuelta y marcharse. No iba a darle la satisfacción de morder el anzuelo.

A medio camino se paró en seco, repentinamente consciente de lo que hacía: huir. Su ira aumentó aún más ante la idea de hacer el ridículo. Ninguna mujer iba a obligarlo a huir.

Se dio media vuelta y abrió la puerta de la terraza, enfrentándose a los dos. Jewel le recibió con el ceño fruncido y un reflejo de reproche en la mirada.

–¿Ya lo habéis aclarado todo? –preguntó él con suavidad.

–No del todo –contestó Kirk secamente–. Le he ofrecido a Jewel mi apoyo para que el matrimonio no sea su única alternativa.

–Qué amable, pero llegas tarde. Ya es mi esposa.

—El divorcio no es complicado de obtener.

—No lo sería, suponiendo que yo estuviera dispuesto a ello. Cosa que no estoy.

—Ya basta, vosotros dos —exigió Jewel—. Kirk, por favor. Aprecio muchísimo tu ayuda, pero Piers tiene razón, es demasiado tarde. Estamos casados y me gustaría que esto saliera bien.

—Si necesitas algo, lo que sea, ponte en contacto conmigo —la expresión de Kirk se suavizó al mirar a Jewel—. Puede que tarde unos días en llegar, pero vendré, ¿de acuerdo?

—Gracias, Kirk —ella sonrió y lo abrazó con fuerza—. Agradezco todo lo que has hecho por mí, y por permitirme alojarme en tu apartamento.

De modo que el apartamento era de Kirk, no de Jewel. No había exagerado al afirmar que no tenía dinero ni un lugar adonde ir.

Una sensación de culpa se agolpó en su mente ante la idea de la joven, sola y desesperadamente necesitada de ayuda.

—Si estás segura de que no puedo hacer nada —Kirk la besó en la frente—, me vuelvo al aeropuerto para ver si puedo tomar un avión hoy mismo. Con suerte, estaré allí de vuelta en un día o dos.

—Siento mucho que hayas hecho este viaje en balde. Si hubiera recibido tu mensaje, te habría dicho que no te molestaras en venir.

A Piers le costó mantener una expresión neutra. El hecho de borrar el mensaje se había vuelto en su contra. Suponiendo que ella dijera la verdad.

Jewel acompañó a Kirk hasta la puerta. Minutos después, Piers oyó el sonido del coche al marcharse y enseguida apareció ella con expresión furiosa.

—¿De qué demonios iba todo eso? –preguntó.

—Qué curioso –él enarcó una ceja–. Soy yo quien debería preguntarlo.

—¿De qué estás hablando? Kirk es un buen amigo. El único que tengo. Si eso te supone algún problema, ya sabes dónde está la puerta.

—Cuánta lealtad –murmuró él–. Me pregunto si esa lealtad también se extiende a mí.

—Déjalo ya, Piers. Si quieres discutir, discutiremos, pero no tengo tiempo de juegos mentales.

—¿Eso hacíamos? ¿Discutir? Es un poco pronto para una riña matrimonial, ¿no?

—Vete al infierno.

Sin decir nada más, ella se dio media vuelta y subió las escaleras. Segundos después, la puerta del dormitorio se cerró con un fuerte estruendo.

De modo que tenía carácter. Él la había provocado a propósito sólo porque estaba furioso a causa de los celos. Esa mujer le había sorbido el seso, y no le gustaba ni un poquito.

Si ese Kirk estaba tan dispuesto a acudir en ayuda de Jewel, ¿dónde había estado cuando ella le había necesitado de verdad? Si era el padre del bebé y la había abandonado, ¿había regresado al descubrir que tenía competencia? ¿O acaso obedecía todo a un plan urdido por ambos para despojarle de parte de su fortuna? Se lo había puesto en bandeja a Jewel al ofrecerle un acomodado futuro si el bebé resultaba no ser suyo y se divorciaban. Seguramente ése era su plan desde el principio.

Sin embargo, todo dependía de que él le concediera el divorcio. Sonrió con frialdad. Se moría de ganas de informarle de que jamás habría tal divorcio.

***

La cena transcurrió tensa y en silencio. Jewel seguía furiosa por el modo en que Piers se había comportado con Kirk, y el rostro de Piers parecía esculpido en piedra. Comió como si nada hubiera sucedido, lo que le puso aún más furiosa. ¿Cómo iban a discutir si él no estaba dispuesto a colaborar?

Llegó el postre, pero, por mucho que intentara disfrutar de la tarta, le sabía a corcho.

–He estado pensando –dijo Piers con frialdad.

Ella no contestó y continuó concentrada en diseccionar el postre.

–El divorcio ya no me parece una opción.

–¿Qué? –espantada, ella dejó caer el tenedor ruidosamente sobre el plato–. ¿Ahora crees que el bebé es tuyo? ¿Antes de tener los resultados?

–No soy idiota, Jewel –él enarcó una ceja–. Y harías bien en no olvidarlo.

–¿Entonces a qué viene esta tontería sobre el divorcio? El bebé es tuyo, pero jamás te has mostrado dispuesto a creerlo. ¿Por qué demonios sugieres ahora que no haya divorcio?

–A lo mejor simplemente pretendo informarte de que tu plan no funcionará. No te concederé el divorcio, independientemente de si el bebé es mío o no.

Él parecía estudiarla. Como si aguardara una reacción. Pero ¿qué reacción esperaba?

De repente lo comprendió todo y se quedó boquiabierta.

–Piensas que tengo un plan para extorsionarte.

Crees que Kirk es el padre y que yo soy una especie de fulana que se acuesta con los dos.

Había creído que nadie más tendría el poder de hacerle daño. Hacía mucho tiempo que había desarrollado una impenetrable armadura contra la clase de dolor que inflingían los humanos. Pero el dolor le sobrecogió. Se sentía traicionada, aunque jamás hubiera contado con su lealtad.

Con piernas temblorosas, se levantó torpemente de la silla. Estaba decidida a no derrumbarse delante de él. Antes de salir del comedor, se volvió una última vez.

–¿Quién te hizo daño, Piers? ¿Quién te convirtió en un bastardo que no se fía de nadie, y cuánto tiempo necesitarás para darte cuenta de que yo no soy esa persona?

Incapaz de soportar más su mirada, salió corriendo.

En lugar de subir al dormitorio, salió a la terraza. El aire frío atemperó su ira y cruzó los brazos sobre el pecho mientras caminaba por el sendero que se adentraba en el jardín.

Casi todo el camino estaba iluminado por anticuadas farolas y al fin encontró una mesa redonda de piedra con un banco circular. Era el lugar perfecto para sentarse a disfrutar de la noche.

¿Qué había hecho? Inconscientemente, se frotó la barriga mientras pensaba en su hija y en el futuro. Un futuro que ya no parecía tan brillante como unas horas antes. Piers se vengaba por un daño que ella no le había hecho y había decidido unilateralmente que no habría divorcio.

De todos modos, sabía bien que jamás se produciría el divorcio por la sencilla razón de que el bebé era suyo, a pesar de lo que él pensara.

¿Qué clase de vida le había reservado a su hija? ¿Se suavizaría la actitud de Piers hacia la niña cuando supiera la verdad? ¿Y ella qué? ¿Sería relegada a ser la mujer que había dado a luz al bebé o también suavizaría su postura ante ella?

—No deberías estar sola aquí fuera.

—No creo que esté sola —ella se volvió bruscamente al oír la voz de Piers y la rabia resurgió de inmediato—. Seguro que hay un montón de agentes de seguridad a mi alrededor.

—Sí —él asintió mientras se acercaba a la mesa—, pero no deberías arriesgarte innecesariamente.

—Y dime una cosa, Piers. ¿Me protegerá tu equipo de seguridad de ti?

—Una pregunta interesante. Porque tengo la sensación de que soy yo quien necesita protección.

—Me voy, Piers —ella se estremeció mientras le daba la espalda—. De inmediato.

—Ya te he dicho que no te concederé el divorcio.

—Llegados a este punto, no podría importarme menos. No tengo intención de volver a casarme. Sólo quiero alejarme de ti. Quédate con tu maldito acuerdo. No quiero nada de ti. Sólo mi libertad. Me marcharé enseguida.

Ella retomó el sendero en dirección a la casa, pero Piers fue más rápido y la agarró del brazo.

—No puedes ir a ningún lugar a estas horas, Jewel. Ten un poco de sentido común.

—¿Sentido común? —ella rió—. Ahora me dices que tenga sentido común. Debería haberlo tenido cuando volviste a mi vida y tomaste el mando.

—Quédate hasta mañana. No tendrás que preocuparte de que reclame mis derechos maritales.

—¿Y dejarás que me vaya? —preguntó ella incrédula.

—Si quieres marcharte, sí.

Ella lo estudió en la oscuridad y sacudió la cabeza. ¿Alguna vez sentía algo ese hombre? ¿Tenía alma o la había entregado hacía tiempo?

—Muy bien. Me iré a primera hora de la mañana. Ahora, si me disculpas, quisiera irme a la cama.

Piers la observó marcharse con una sensación de opresión en el pecho, muy parecida al pánico. De todas las reacciones que podía haber esperado ésa no era una de ellas. Confrontada a su traición, había esperado lágrimas, recriminaciones, incluso súplicas. No había esperado que le mandara al infierno y lo abandonara. ¿Qué beneficio obtenía con ello?

Tenía que pensar en algo para convencerla de que se quedara. Hasta que se le ocurriera, necesitaba tenerla controlada. Por primera vez, sintió un cosquilleo de excitación en la nuca. ¿Sería posible que ese bebé fuera realmente suyo? ¿Sería posible que en esa ocasión tuviera derechos con respecto a esa criatura?

De ser así, jamás permitiría que Jewel saliera de su vida.

Capítulo Doce

Incapaz de dormir, Jewel se puso a hacer la maleta. Aún no la había deshecho del todo por lo que no necesitó mucho tiempo. El resto de la noche la pasó sentada en la cama con las manos apoyadas en el colchón mientras reflexionaba en silencio.

¿Por qué se había casado con Piers? Se había sentido desesperada, pero no tanto como para acudir a Kirk. No, había llamado a Piers y luego le había permitido tomar las riendas de su vida y exigirle matrimonio.

«Admítelo. Eres una soñadora incurable».

Durante los últimos cinco meses se había dejado llevar por todo aquello en lo que no creía.

A las dos de la mañana se tumbó en la cama, a oscuras, mientras observaba la luna llena por la ventana. Acababa de cerrar los ojos cuando un agudo dolor le atravesó el costado.

Automáticamente dobló las rodillas antes de que otra punzada de dolor le desgarrara el abdomen. No podía respirar, no podía pensar, ni siquiera decidir qué hacer.

Cuando la agonía se suavizó, rodó hasta el borde de la cama. Sentía un terror tan fuerte como el dolor. Terror por su hija. ¿Iba a perder a su bebé?

Las lágrimas inundaron sus ojos. A punto de apoyar los pies en el suelo, sintió una nueva punzada y cayó pesadamente al suelo de lado, sin poder respirar mientras el dolor le desgarraba por dentro.

–¡Piers!

La voz surgió débil y la puerta estaba cerrada.

–¡Piers! –gritó con más fuerza antes de derrumbarse ante una nueva punzada de dolor.

Cielo santo. Él no iba a acudir y ella era incapaz de ponerse en pie.

Las lágrimas empezaron a brotar con fuerza.

De repente oyó abrirse la puerta. La luz se encendió y unas pisadas atravesaron la habitación.

–¡Jewel! ¿Qué sucede? ¿Es el bebé?

Piers se arrodilló a su lado mientras con las manos repasaba el cuerpo de su mujer. Al intentar girarla, ella soltó un grito de dolor.

–Dime qué te pasa, *yineka mou*. Dime cómo puedo ayudarte –añadió desesperadamente.

–Duele –consiguió balbucear ella–. Duele mucho.

–¿Dónde?

–El costado, mi estómago. Abajo. Por la pelvis. Dios, no lo sé. Me duele por todas partes.

–Tranquila, yo te cuidaré –dijo él con voz suave–. Todo saldrá bien. Te lo prometo –la tomó en brazos y la levantó del suelo–. ¿Estarás bien si te dejo tumbada en la cama un momento? Tengo que vestirme y luego te llevaré al hospital.

Ella asintió, incapaz de decir una palabra.

Piers entró en su dormitorio y dejó a su mujer en la misma cama sobre la que habían hecho el amor la noche anterior. El masculino aroma la envolvió y, curiosamente, la consoló.

Pareció tardar una eternidad en vestirse, pero al fin volvió y la levantó en vilo antes de bajar las escaleras y salir a la fría noche.

–Te instalaré en el asiento de atrás para que puedas tumbarte –murmuró–. Enseguida estaremos en el hospital. Intenta aguantar, *yineka mou.*

El coche arrancó y ella se acurrucó y apretó los puños. Intentaba combatir su deseo de gritar.

«El bebé no. Por favor, que no sea el bebé».

Apenas fue consciente de que el coche se paraba y de que Piers la tomaba en brazos otra vez. A su alrededor sonaban voces, sintió un pinchazo en el brazo, las frías sábanas de una cama, luces brillantes y luego un hombre que no conocía que la miraba a los ojos.

–Señora Anetakis, ¿me oye?

Ella asintió e intentó hablar, pero Piers le apretó el brazo, ¿cuánto tiempo llevaba sujetándola?

–El quiste de su ovario ha provocado una torsión en la trompa. He llamado a su obstetra. Quiere que la preparemos para cirugía.

Un pequeño gemido surgió de la garganta de la joven. Piers se acercó aún más a ella y le acarició la cabeza.

–Todo saldrá bien, *yineka mou.* El médico me ha asegurado que recibirás los mejores cuidados. Nuestro bebé estará bien.

«Nuestro bebé». ¿Había dicho, «nuestro bebé», o se lo había imaginado? No conseguía pensar con coherencia. El dolor había disminuido y se sentía flotar sobre una nube.

–¿Qué me habéis hecho? –preguntó.

–Le hemos puesto algo para que se sienta un poco mejor –la enfermera rió suavemente–. En unos momentos la llevaremos al quirófano.

–¿Piers?

–Estoy aquí, *yineka mou*–de nuevo le acarició la cabeza.

–Dijiste «nuestro bebé» –ella luchaba por mantener los ojos abiertos–. ¿Crees que es tuya?

Hubo un momento de silencio durante el cual ella tuvo que pestañear con fuerza para mantenerlo en su línea de visión. Unas arrugas de preocupación cruzaban la frente de Piers. ¿Estaba preocupado por el bebé?

–Sí, es mía –dijo él con voz ronca–. Ella es nuestra hija, y estoy seguro de que cuidarás bien de ella durante la operación. Ahora descansa y no intentes hablar. Deja que la medicina te cure.

Ella le sujetó la mano con fuerza, temerosa de que, si lo soltaba, se marcharía. El movimiento de la camilla le asustó y tiró con fuerza de la mano.

–No te vayas.

–No me iré a ninguna parte –dijo él tranquilizadoramente.

Piers se inclinó para besarla suavemente en la frente y ella se relajó, cerrando los ojos.

A su alrededor las voces se hicieron más tenues. Piers volvió a besarla y a asegurarle que la esperaría. ¿Por qué? ¿Adónde iba a ir? Ella quería preguntárselo, pero le faltaron las fuerzas para hacer algo más que no fuera seguir allí tumbada.

La camilla volvió a moverse y, de repente, se encontró en una habitación helada. Fue levantada en vilo y tumbada sobre una superficie mucho más fría y dura. Una alegre voz le dijo al oído que contara hacia atrás desde diez.

Abrió la boca para obedecer, pero ningún sonido surgió de ella. Incluso consiguió abrir los ojos, pero al llegar a ocho, todo se volvió negro.

Piers paseaba en la sala de espera de cirugía como un león enjaulado, nervioso e impaciente. Comprobó el reloj por enésima vez para descubrir que sólo habían pasado tres minutos desde la última vez que lo había hecho. ¿Cuánto más iban a tardar? ¿Por qué no le decían nada?

—Piers, ¿cómo está?

Piers levantó la vista y vio entrar a Theron con los cabellos revueltos como si acabara de levantarse. Y así era. Su hermano pequeño se sintió culpable por haberle sacado de la cama en medio de la noche, pero se sintió agradecido por tenerle cerca.

Tras un breve abrazo, ambos se sentaron.

—Todavía no lo sé. Se la llevaron hace unas horas, pero no he tenido noticias desde entonces.

—¿Qué pasó? ¿El bebé está bien?

—El quiste de su ovario le ha provocado una torsión en la trompa. Sufría unos dolores atroces y la llevaron al quirófano para extirpar el quiste, y seguramente también la trompa. De todos modos iban a intervenirla dentro de una semana, de modo que sólo se ha adelantado un poco.

—¿Y el bebé?

—Existe algún… riesgo, pero me han asegurado que harán todo lo que puedan para evitar que le suceda algo.

—¿Cuánto tiempo lleva en el quirófano?

—Cuatro horas —contestó abatido Piers—. ¿Por qué tardarán tanto?

—Pronto sabrás algo —le consoló Theron—. ¿Has hablado con Chrysander?

—No había ninguna necesidad —Piers sacudió la cabeza—. Le llevaría demasiado tiempo venir desde la isla. Para cuando lo consiguiera, todo habría terminado.

–Aun así deberías llamarle. Querrá saberlo. Marley y él querrán saberlo.

Los dos hermanos se quedaron en la sala de espera. Tras un buen rato, Theron se marchó y volvió con café para ambos.

–Estás diferente.

–¿De qué hablas? –Piers miró a su hermano mayor con expresión de sorpresa.

–Pareces más asentado… incluso más contento. Me di cuenta por la expresión en tus ojos durante la boda.

–¿Comparado con qué? –preguntó él en tono burlón.

–Comparado con tu comportamiento desde que Joanna se aprovechó de ti y se largó con Eric.

Piers hizo una mueca de disgusto. Nadie mencionaba el nombre de Eric en su presencia. Estaba seguro de que la familia lo hacía a menudo a sus espaldas, pero nunca cuando él estaba presente.

–No arruines tu oportunidad de ser feliz, Piers. Es la ocasión de tenerlo todo.

–O perderlo todo otra vez. A lo mejor ya lo he hecho.

–¿A qué te refieres?

–Iba a abandonarme por la mañana –confesó Piers tras tomar otro sorbo de café–. Ya tenía hecho el equipaje cuando la encontré tirada en el suelo retorciéndose de dolor.

–¿Quieres hablar de ello? –preguntó Theron–. Más de una mujer me ha acusado de ser un idiota.

–Pareces muy seguro de que soy yo el causante del problema –dijo Piers secamente.

–Eres un hombre, y los hombres siempre son los que se equivocan. ¿No has aprendido nada?

–Fui un imbécil –los labios de Piers esbozaron una tímida sonrisa.

–Ya, pues no será la última vez. Parece algo genético en nosotros.

–Un amigo suyo apareció ayer con la intención de rescatarla. Yo no me lo tomé muy bien.

–Nadie podría culparte por ello. Forma parte de nuestro sentido de la territorialidad.

–Y ahora vas a decirme que somos todos unos cavernícolas que vamos por ahí marcando el territorio como los perros.

–No está mal como ejemplo, hermanito. Y creo que eso es precisamente lo que hacemos, aunque no en sentido literal –Theron miró a Piers de soslayo–. ¿De modo que iba a abandonarte porque no te gustó que apareciera su amigo?

–Puede que le acusara de ser el padre del bebé y le dijera que ambos habían urdido una estratagema para estafarme.

–Maldita sea –Theron hizo una mueca–. Cuando decides salirte del tiesto lo haces bien.

–Ya te he dicho que fui un imbécil. Estaba enfadado. Le dije que no le concedería el divorcio y ella me dijo que podía irme al infierno con mi acuerdo.

–Eso no suena mucho a una mujer que vaya tras tu dinero.

–Quiero confiar en ella, Theron –él había pensado lo mismo que su hermano.

–Y eso te asusta.

Habían llegado al meollo de la cuestión. Su hermano enseguida llegaba al origen del problema. Sí, quería confiar en ella, pero tenía miedo y eso le ponía furioso.

–No quiero que ninguna otra mujer vuelva a ejercer tanto poder sobre mí.

–Lo entiendo, de verdad que sí –Theron suspiró y apoyó una mano sobre el hombro de su hermano–. Pero no puedes aislarte del mundo el resto de tu vida porque una vez te hicieron daño.

–¿Daño? –Piers rió amargamente–. Ojalá sólo me hubiera hecho daño. Me quitó lo que más amaba en el mundo. Eso va más allá de un simple daño.

–Aun así, y aunque suene a tópico, la vida continúa. Quiero que seas feliz, Piers. A Chrysander y a mí nos preocupas. No puedes vivir de hotel en hotel toda tu vida. En algún momento tendrás que asentarte y formar una familia. Jewel te ha dado esa oportunidad. Deberías aprovecharla.

–Señor Anetakis.

Los dos hermanos se volvieron al ver entrar a la enfermera.

–La señora Anetakis ya ha salido del quirófano. Podrá verla en reanimación un ratito si lo desea.

–¿Está bien? ¿El bebé? –Piers se levantó de un salto y corrió hacia la enfermera.

–La madre y el bebé están bien –la mujer sonrió–. La operación ha salido bien. El médico pasará por la sala de reanimación para informarle antes de que sea llevada a planta. Estará muy aturdida, pero podrá hablar con ella unos minutos.

–Te espero aquí –dijo Theron–. Ve tú.

–Gracias –dijo Piers, y siguió a la enfermera en busca de Jewel.

Capítulo Trece

El dolor había cambiado. Ya no era agónicamente punzante. Se había estabilizado en un dolor sordo, superficial. Jewel intentó cambiar de postura y se quedó sin aliento al sentir que la barriga se le desgarraba en dos.

—Cuidado, *yineka mou*. No debes intentar moverte. Dime qué necesitas y yo te ayudaré.

Piers. Ella abrió los ojos con dificultad ante la cegadora luz y los volvió a cerrar.

Y entonces se acordó.

—El bebé —susurró. Alargó una mano hacia la barriga y una nueva punzada de dolor le asaltó.

Piers le tomó las manos entre las suyas y se las retiró suavemente de la tripa.

—El bebé está bien, y tú también, ¿lo ves? —con delicadeza le apoyó una mano sobre la tripa.

Ella contempló con extrañeza el abultado vendaje. La tripa aún era evidente. Las lágrimas inundaron sus ojos mientras el alivio la embargaba.

—Tenía tanto miedo. No puedo perderla, Piers. Lo es todo para mí.

—La operación fue un éxito —Piers le tomó el rostro entre las manos y le secó las lágrimas con el pulgar—. El médico dice que el bebé está bien. Te están monitorizando las contracciones —señaló una máquina junto a la cama—. ¿Lo ves? Puedes oír y ver los latidos de su corazón.

–¿De verdad es ella? –Jewel giró la cabeza y escuchó el suave eco de unos latidos.

–Sí –Piers sonrió–. Nuestra hija se hace notar.

Jewel se quedó sin aliento al recordar de repente la escena vivida instantes antes de entrar en el quirófano. Al principio había pensado que se lo había imaginado, pero lo había vuelto a decir. ¿Por qué había cambiado de opinión?

–Gracias por traerme tan deprisa –susurró ella–. Temía que no me oyeses llamarte.

–No habrías sufrido tanto de haber estado yo contigo –él la miró fijamente con sus oscuros ojos–. A partir de ahora dormirás en mi cama y, si volviera a sucederte algo, yo lo sabría de inmediato. No quiero ni pensar qué habría ocurrido de no haberte oído gritar.

Ella meditó sobre ello y pestañeó para aclarar la nube de su mente. Todo estaba muy turbio, y él la confundía cada vez más. Era como si jamás hubieran discutido, como si él no le hubiera acusado de intentar endosarle el bebé de otro hombre.

–Ya hablaremos más tarde –dijo él con dulzura–. Estás agotada. Debes descansar. Estaré aquí cuando despiertes, y entonces podrás hacerme todas esas preguntas que se reflejan en tus ojos.

–No. Necesito saberlo ahora –ella sacudió la cabeza e hizo una mueca de dolor–. Dijiste, insinuaste, cosas terribles, Piers. No me quedaré junto a un hombre que piensa así de mí, ni siquiera por mi hija. Kirk está dispuesto a ayudarme. Debería haberle llamado a él el primero.

–Pero no lo hiciste –contestó Piers con suavidad–. Me llamaste a mí, como debe ser. Creo que lo mejor será que dejemos a Kirk fuera de todo esto.

Ella empezó a protestar, pero él la silenció apoyando un dedo sobre sus labios.

—No te alteres. Te debo una disculpa, *yineka mou.* Y estoy seguro de que no será la última. Te agradecería que tuvieras paciencia conmigo. No soy un hombre de fácil convivencia. Soy consciente de ello. No debí haber sugerido lo que sugerí. A partir de hoy funcionaremos como una familia. Vas a tener un hijo mío.

Ella lo miró estupefacta. La sinceridad de sus palabras estaba grabada en el rostro, y ardía en su mirada. No había rastro de arrogancia en la voz. Simplemente arrepentimiento.

Algo dentro del pecho de la joven, peligrosamente cerca del corazón, se soltó. Por un instante olvidó el dolor y el aturdimiento provocado por la meditación. Un dulce y bendito calor le inundó las venas. Esperanza. Hacía tanto que no había sentido nada parecido que le costó identificarlo. Por primera vez en su vida, sentía esperanza.

—¿Me perdonarás? —Piers le besó el dorso de la mano—. ¿Me darás otra oportunidad?

—Sí, por supuesto —susurró ella con voz temblorosa.

—¿Y te quedarás? ¿Ya no hablarás más de marcharte?

Ella negó con la cabeza, incapaz de articular palabra.

—No lo lamentarás, *yineka mou* —dijo él muy serio—. Haremos que funcione. Podemos hacerlo.

Jewel sonrió antes de hacer un gesto de dolor al sentir otra punzada. Piers se inclinó hacia delante y concentró su atención en un pequeño dispositivo que había junto a la cama.

—Esto es para el dolor. Aprietas el botón y te inyecta una pequeña cantidad de medicamento en la sangre. Si hace falta, puedes pulsar el botón cada diez minutos.

Él mismo pulsó el botón y un segundo más tarde Jewel sintió una ligera quemazón en las venas. El alivio fue casi instantáneo.

–Gracias.

–Cuidaré de ti y del bebé –dijo con solemnidad–. No quiero que te preocupes por nada, salvo por ponerte bien.

–Estoy cansada –ella sonrió y lo miró con ojos somnolientos.

–Entonces será mejor que duermas. No me moveré de aquí.

Ella se volvió hacia él y se aferró con fuerza a la robusta mano, impidiéndole soltarse. Piers se relajó y le apretó la mano con fuerza.

–¿Cuándo podré salir de aquí? –murmuró mientras caía en un profundo sueño.

–No hay prisa –él rió–. Te marcharás cuando lo diga el médico. Mientras tanto, disfruta de la atención de todos.

–Sólo de la tuya –balbuceó antes de sumirse en la oscuridad.

–¿Estás seguro de que todo está preparado? –Piers hablaba por el móvil mientras entraba en la habitación de Jewel.

Ella lo miró y sonrió mientras él le indicaba con un gesto que terminaría de hablar enseguida.

–Bien. Muy bien. Te debo una, y no me cabe duda que te la vas a cobrar.

Tras apagar el móvil corrió junto a Jewel. Se inclinó y la besó suavemente en los labios.

—¿Qué tal están mis chicas hoy?

—Tu hija está muy activa, lo cual es, a la vez, una bendición y un castigo.

—¿Te duele la incisión por culpa de sus movimientos? —dijo él con preocupación.

—Creo que está haciendo prácticas de puntería —ella hizo un gesto de fastidio—. Y parece tener la molesta habilidad de acertar siempre en el lugar adecuado.

—Lo siento. Debe resultarte muy doloroso.

—La alternativa ni siquiera es una opción, de modo que me alegra que se mueva tanto.

—¿Te ha visto ya el médico?

—Vino mientras estabas fuera. Dijo que, si hoy todo iba bien, y no tengo más contracciones, me darán de alta mañana. Deberé guardar reposo absoluto en cama durante una semana y luego podré levantarme y moverme, siempre que no me exceda.

—Ya me ocuparé yo de que obedezcas sus instrucciones al pie de la letra.

—¿Por qué tengo la sensación de que vas a disfrutar con mi convalecencia? —ella sonrió divertida.

—¿Y por qué has pensado algo así? —él la miró con inocencia.

—Porque estás acostumbrado a mandar y a que todos te obedezcan —contestó ella.

—Lo dices como si fuera algo malo.

Jewel no pudo reprimir una carcajada y de inmediato gruñó al sentir la protesta de su barriga.

Últimamente había disfrutado de unos días buenos, teniendo en cuenta que estaba postrada en la cama de un hospital.

Piers se había comportado maravillosamente bien. El reservado hombre de negocios que le había dejado claro que jamás le concedería el divorcio parecía haber desaparecido, sustituido por alguien que atendía a cada una de sus necesidades.

Alguien llamó suavemente a la puerta y, para su sorpresa, aparecieron los hermanos de Piers con sus esposas. Piers le apretó la mano tranquilizadoramente.

–No te preocupes, *yineka mou.* Estás preciosa. Y yo me encargaré de que no se queden el tiempo suficiente para cansarte.

Era mentira, pero ella le agradeció el gesto.

La idea le asaltó de repente, y fue más dolorosa que la incisión llena de grapas de su barriga. ¿Amor? Cielo santo. Se había enamorado de él.

Intentó sonreír, pero lo único que quería era esconderse en un profundo y oscuro agujero. ¿Cómo se había permitido enamorarse de él... de cualquier hombre? Al parecer, no había sufrido lo bastante en su vida. No, era evidente que deseaba más dolor y desilusión.

Ser amada estaba muy bien, pero ¿ofrecerle su amor en bandeja de plata? Eso era pedir a gritos que la rechazaran.

–¿Jewel? ¿Hemos venido en mal momento? –preguntó Marley.

–No, no, claro que no –Jewel se dio cuenta de que ambas parejas la miraban con preocupación–. Lo siento, es que sigo aturdida por la medicación contra el dolor.

A su lado, Piers frunció el ceño. Hacía tres días que no le administraban ningún medicamento contra el dolor. Era demasiado peligroso para el bebé.

Sonrió abiertamente a Marley y a Bella, y optó por desviar la mirada de Chrysander y Theron. La intimidaban enormemente y no estaba acostumbrada a darle esa ventaja a nadie.

–¿Qué tal te encuentras? –preguntó Bella mientras se apoyaba en el borde de la cama–. ¿Te ha dado mucho la lata Piers? Marley y yo podemos sacarlo de la habitación y darle un repasito.

Jewel sonrió y tragó con dificultad para evitar soltar una carcajada.

–No le hagáis reír –rugió Piers–. Le duele demasiado. Además, no olvides que Marley y tú coméis en la palma de mi mano.

–Que no te engañe, Jewel –Chrysander soltó un bufido–. Cualquier mujer que mire a este idiota a la cara, conseguirá que le dé todo lo que le pida, para desesperación mía y de Theron.

–Como si vosotros dos no las mimarais hasta la extenuación –protestó Piers.

–Puede que sí, pero una mujer nunca tendrá bastantes hombres a su disposición –dijo Marley alegremente.

–Sólo hay un hombre a tu disposición, *agape mou* –gruñó Chrysander–. Y procura no olvidarlo.

Mientras presenciaba la discusión entre los tres hermanos y las dos mujeres, Jewel, por primera vez no se sintió como una extraña, sino como si perteneciera a ese íntimo círculo familiar.

–Debes sentirte mejor –dijo Bella–. Tienes una preciosa sonrisa reflejada en el rostro. Estás radiante para haber sufrido recientemente una intervención.

–Es el embarazo –dijo Theron secamente–. No hay mujer más hermosa que la embarazada.

—Buen intento —espetó Bella—. Pero tus halagos no te llevarán a ninguna parte. Y si empiezas a perseguir a mujeres embarazadas, haré que jamás puedas engendrar hijos.

Jewel no pudo evitar reírse al ver la palidez que se instaló en el semblante de Theron. Puso una mano sobre la barriga y gruñó, pero, incluso con el dolor, era muy agradable poder reír.

—¿Estás bien? —preguntó Piers.

—Estoy bien —ella agitó una mano en el aire—. De verdad —luego se volvió hacia Bella—. ¿Por qué tengo la sensación de que hay alguna disputa entre Theron y tú?

—Si Theron se saliera con la suya —Bella sonrió—, ya tendría toda una camada de hijos, pero soy demasiado joven y tenemos muchas cosas que hacer antes de engendrar bebés. Al final cederé y llenaré una guardería, pero hasta entonces vivo para atormentarlo.

Mientras Bella hablaba, Jewel estudió el rostro de Theron. Los ojos brillaban de amor por su esposa y era evidente que no había ninguna tensión entre ellos.

—Además, Marley ya se ha propuesto tener bastantes Anetakis para dar y tomar —añadió Bella.

—¿Marley? —Piers alzó las cejas.

Marley se sonrojó mientras Chrysander sonreía y la rodeaba con un brazo.

—¿Estás embarazada otra vez? —preguntó Piers.

—Dentro de siete meses me dará la hija que tanto deseo —dijo el hermano mayor con arrogancia.

—¿Y si es otro niño? —le provocó Marley.

—Entonces habrá que intentarlo de nuevo hasta acertar —Chrysander la miró con pasión.

Marley y Bella se echaron a reír y Jewel se unió a ellas sin dejar de sujetarse la barriga.

Qué familia más maravillosa. Una familia de la que ella formaba parte. Era demasiado para poder soportarlo.

–Será mejor que nos marchemos –dijo Chrysander tras estudiar el rostro de Jewel–. Parece que sufres dolores y no queremos cansarte en exceso. Sólo queríamos verte y decirte que, si necesitas algo no tienes más que decirlo. Ahora formas parte de la familia.

–Por favor, no os marchéis –contestó ella con lágrimas en los ojos–. No me molestáis en absoluto. Me ha encantado que hayáis venido a verme.

–Dime una cosa –Bella se inclinó hacia delante–. ¿Te dejan comer comida de verdad? Me muero por una pizza. Theron opina que es una barbaridad y necesito una excusa para comerme una grasienta pizza llena de queso.

–¿A eso lo llamas «comida de verdad»? –Theron fingió sentirse horrorizado.

–Me encantaría una pizza –dijo Jewel mientras la boca se le hacía agua–. Con doble de pimiento y extra de queso.

–Te diré qué vamos a hacer –dijo Bella–. Pediremos una a nuestro gusto y los demás que se apañen solos. Tu sugerencia me parece divina.

Jewel miró a Piers, que suspiró resignado.

–¿Cómo podría un hombre negarse ante una mirada así?

Theron y Chrysander se echaron a reír y el segundo le dio una palmada en el hombro a Piers.

–Ahora empiezas a entenderlo, hermanito. Empiezas a entenderlo.

Capítulo Catorce

–Tengo una sorpresa para ti –dijo Piers mientras empujaba la silla de ruedas hasta la salida del hospital–. Tardará un poco, de modo que quiero que te relajes e intentes descansar.

Un cosquilleo de emoción burbujeó en el estómago de Jewel. Se sentía como una niña en Navidad. Para ser alguien que no estaba acostumbrada a las sorpresas, le empezaban gustar mucho. Al menos la anticipación de recibir una.

El equipo de seguridad de Piers esperaba fuera de la limusina. Abrieron la puerta trasera y Jewel fue levantada en vilo por su marido y depositada cuidadosamente en el asiento trasero. Después, él se sentó a su lado mientras los agentes de seguridad entraban en otro coche.

–¿Dónde vamos? –preguntó ella con curiosidad al ver que el coche se dirigía en dirección contraria a su casa.

–Al aeropuerto.

–¿Adónde vamos? –ella enarcó las cejas.

Una familiar excitación le inundó las venas. Lo que más le gustaba en el mundo era viajar y experimentar la emoción de conocer nuevos lugares, gentes y costumbres. Pero en aquella ocasión no viajaría sola y eso le gustaba más de lo que habría creído posible.

–Si te lo hubiera contado, habría estropeado la sorpresa –él sonrió y le tomó una mano.

—Pero mi ropa, mis cosas... No he hecho el equipaje.

—Todo resuelto —dijo él con dulzura—. ¿Para qué te crees que tengo empleados?

—¿También has empaquetado al cocinero? —preguntó ella—. Hacía una comida deliciosa.

—Te aseguro que no vas a morir de hambre —Piers rió.

Minutos después pararon junto a un pequeño jet aparcado en una pista privada de despegue.

Piers aguardó mientras el servicio de seguridad se subía primero al avión. Después ayudó a su esposa a bajarse del coche.

—Si quiere, yo la acompañaré, señor Anetakis —se ofreció Yves, el único al que ella conocía por su nombre. Los demás eran unos desconocidos, pero Yves parecía el guardaespaldas privado de Piers.

—Gracias Yves, pero yo llevaré a la señora Anetakis hasta el avión —contestó Piers.

Con mucho cuidado la llevó en brazos hasta el avión y, tras subir la escalerilla, se agachó para entrar.

Jewel jamás había estado en un jet privado y se equivocó al esperar una versión reducida de un avión comercial. En la parte delantera había unos asientos cubiertos de suave cuero, de aspecto increíblemente lujoso y cómodo. Detrás había una zona de descanso con un sillón reclinable y un sofá, junto con una mesa de café, un televisor y un minibar.

—En cuanto despeguemos te enseñaré el resto —Piers siguió la dirección de su mirada—. Al fondo hay un dormitorio en el que podrás acostarte. También hay una pequeña cocina, de modo que, si deseas algo, no tienes más que pedírselo a la azafata.

—¿Azafata? —ella abrió los ojos de par en par–. ¿Hay una azafata en este avión?

—Por supuesto. Viaja junto al piloto. Son marido y mujer. Y ahora, ¿prefieres asiento de pasillo o ventanilla?

—Ventanilla —contestó ella.

Él la ayudó a sentarse antes de hacer lo propio a su lado. Después ajustó los cinturones de ambos.

—Me alegra conocerla, señora Anetakis —la azafata apareció y saludó sonriente a Piers antes de volverse hacia Jewel–. Cualquier cosa que necesite durante el vuelo no tiene más que decírmelo. En breve tendremos la autorización para despegar. ¿Le gustaría beber algo mientras espera?

—No, gracias —contestó Jewel–. De momento estoy bien.

Minutos después avanzaron a toda prisa por la pista y despegaron. Jewel apoyó la cabeza sobre el hombro de Piers y se acurrucó contra él. A pesar de la curiosidad que sentía por ver el resto del avión, levantarse y moverse dolía demasiado y prefería quedarse donde estaba durante el resto del vuelo.

—¿Todavía no vas a decirme adónde vamos? —preguntó Jewel varias horas después mientras avanzaban en coche por una autopista llena de curvas.

—Paciencia, *yineka mou* —Piers sonrió–. Creo que la espera merecerá la pena.

Ella suspiró y se relajó en el asiento. Dondequiera que estuvieran, era un lugar precioso y salvaje. Estaba casi segura de que se trataba del Caribe o algún otro lugar tropical. ¿Se dirigían a uno de sus hoteles?

El coche se paró frente a una puerta de seguridad y Piers marcó un código de seguridad. La enorme verja de hierro se abrió lentamente y continuaron camino.

A su alrededor abundaba el verde follaje. Era como conducir en medio de un paraíso privado. Había flores, plantas, fuentes e incluso una pequeña catarata que caía sobre unas rocas a lo lejos.

De repente vio la casa y se quedó boquiabierta ante la increíble mansión que, a pesar de su tamaño, tenía el aspecto de una acogedora cabaña de piedra.

—¿Vamos a alojarnos aquí mientras estemos en este lugar? —preguntó ella cuando el coche se paró frente a otra enorme fuente con flores que flotaban en el agua.

—Es tu casa, *yineka mou*. Nos pertenece.

Ella se quedó sin habla.

—Pero lo mejor está aún por llegar —dijo él.

Ella lo contempló bajarse del coche y se preguntó cómo demonios podría mejorarse aquello.

Piers la ayudó a salir del coche y les hizo un gesto a los hombres de seguridad que desaparecieron de inmediato mientras él rodeaba a su esposa por la cintura y la conducía por un camino que bordeaba la casa.

De repente lo oyó. El lejano rumor de las olas. Respiró hondo, embriagándose del aire salado.

—¡Oh, Piers! —exclamó.

Ascendieron hasta un pequeño promontorio entre una sección del jardín y la terraza de madera que volaba desde la casa por encima de un escarpado acantilado. Al asomarse vio la gran extensión de océano, de un color azul tan brillante que casi hacía daño a la vista.

El paseo continuaba y, en algunos puntos, era interrumpido por unas escaleras que conducían a la playa. La casa estaba situada sobre el acantilado, guarecida entre dos enormes rocas. Disponía de una pequeña extensión de playa, completamente privada.

Era la vista más maravillosa que jamás hubiera podido imaginarse. Y era suya.

—No sé qué decir —susurró—. Éste era mi sueño, Piers. No puedo creerme que sea nuestro.

—Es tuyo, *yineka mou*. Mi regalo de bodas. Tengo entendido que está equipada con un servicio completo, incluyendo a cierto cocinero al que, al parecer, tienes en gran estima.

—Gracias —ella le rodeó el cuello con los brazos, haciendo caso omiso de la punzada de dolor que la asaltó. Es maravilloso, Piers. No sé cómo podré agradecértelo.

—Cuidándote mucho, y a mi hija —dijo él con solemnidad—. No quiero que vayas por el camino que baja a la playa a no ser que yo te acompañe.

—Te lo prometo —le aseguró ella. En ese momento, le prometería hasta la luna.

—Vamos dentro. La cena nos espera. Comeremos en la terraza mientras vemos la puesta de sol.

Ella lo siguió ansiosa por ver el interior de la casa. Tras un breve recorrido por la planta baja, salieron a la terraza. La mesa estaba puesta y se sentó en una silla dispuesta a cenar.

—Es maravilloso —dijo al fin. Se sentía completamente abrumada ante la idea de vivir en aquel lugar, y de que fuera suyo. Era sencillamente demasiado bueno para ser cierto.

—Me alegra que te guste. Tenía miedo de no tenerlo todo listo antes de que te dieran de alta.

—¿No era tuya antes?

–Hice que mis agentes buscaran el lugar ideal el día que me describiste dónde te gustaría vivir. Cuando encontraron esta propiedad, supe que era perfecta. La venta aún no está cerrada, pero he convencido al dueño de que nos permita tomar posesión de ella antes de terminar el papeleo.

–Es la cosa más maravillosa que nadie haya hecho por mí –ella no podía dejar de sonreír.

–Dime una cosa, *yineka mou* –él colocó su mano sobre la palma de la de ella–. ¿Alguna vez alguien ha hecho algo maravilloso por ti? Tengo la impresión de que tu vida no ha sido fácil.

Ella se puso tensa e intentó retirar la mano, pero él no lo permitió.

–¿Qué es eso que no quieres contarme? –preguntó con calma–. Entre marido y mujer no debería haber secretos.

Ella se volvió hacia el mar. La brisa del océano le secó las invisibles lágrimas que derramaba.

–Tampoco es tan trágico –dijo con naturalidad–. Mis padres murieron siendo yo muy pequeña. Apenas los recuerdo e incluso sospecho que esas personas que recuerdo como mis padres no son más que unos de los muchos padres de acogida que tuve.

–¿No tenías ningún pariente que pudiera ocuparse de ti?

–Al menos ninguno que quisiera hacerlo –ella sacudió la cabeza.

Una mujer joven apareció en la terraza con una bandeja y Jewel suspiró aliviada. No le pasó desapercibido el ceño fruncido de Piers, claro indicativo de que la conversación no había terminado, simplemente se había postergado.

Sin embargo, nada bueno podía surgir de remover el pasado.

Comieron en un amigable silencio. Jewel disfrutó de los sonidos y aromas del mar y se sintió más relajada de lo que había estado en mucho tiempo.

A medida que el sol descendía por el horizonte, el cielo se tiñó de suaves tonos de rosa y morado con franjas doradas. El océano relucía a lo lejos, reflejando el brillo de la puesta de sol.

Tan hechizada estaba por la vista que no se dio cuenta de que había dejado de comer. Únicamente cuando volvió la camarera para retirar los platos, despertó de su ensoñación.

—Pareces cansada, *yineka mou* —dijo Piers con dulzura—. Creo que debería llevarte arriba para que te acuestes.

—Eso suena muy bien —ella bostezó—. ¿Tiene el dormitorio ventanas que puedan abrirse? Me encantaría poder oír el mar.

—Creo que encontrarás la vista desde nuestro dormitorio magnífica, y, desde luego, podemos abrir la ventana si es lo que deseas.

Él la ayudó a ponerse en pie y entraron en la casa. Subieron lentamente las escaleras y ella se mordió el labio ante el dolor que le producía cada movimiento.

Al entrar en el dormitorio principal, no pudo reprimir una exclamación. Toda la fachada que daba al mar estaba acristalada desde el suelo hasta el techo. Contempló la vista con las palmas de las manos apoyadas contra el frío ventanal.

—Éste ha sido el día más maravilloso de mi vida —dijo con un nudo en la garganta—. Gracias.

—Me alegra que te guste —dijo él con voz ronca.

Jewel devolvió su atención al paisaje mientras los últimos destellos naranjas desaparecían en el mar.

—¿Qué pasará con tu trabajo? ¿Con tus hoteles?

—La mayor parte de mi trabajo puedo hacerla desde aquí —él se colocó a su lado—. Tengo un teléfono, un ordenador y un fax. Tendré que hacer algunos viajes. Hasta ahora he viajado sin parar, pero ya no estoy dispuesto a continuar por ese camino. Mis hermanos tendrán que ayudarme con eso, o contrataremos a alguien que se dedique a los viajes.

—¿No lo echarás de menos? —preguntó ella.

—Hace unos meses te habría dicho que sí, mucho. Pero ahora no me apetece tanto alejarme de mi esposa y de nuestro bebé.

Ella sintió que el calor inundaba su pecho. Aquello sonaba a una familia de verdad. No sabía qué le había hecho cambiar de opinión, pero tampoco quería saberlo. Tan sólo esperaba que aquello durase.

Capítulo Quince

Durante los días que siguieron, Jewel descansó y se recuperó bajo la atenta vigilancia de Piers y del personal que había contratado. Al principio le resultó extraño ver a otras personas en la casa, pero eran tan discretas que pronto se acostumbró a su presencia.

Piers incluso hizo llamar a un médico para que comprobara el estado de la incisión y para que le retirara las grapas, ahorrándole el viaje a la ciudad.

En poco tiempo se convirtió en una joven mimada y malcriada, y se sentía mortalmente aburrida. Se moría de ganas de dar un paseo por los alrededores. Más que nada deseaba bajar a la playa, pero también recorrer el resto de la isla.

Según Piers, la isla era pequeña y no muy conocida por los turistas que viajaban al Caribe. La principal fuente de ingresos de los lugareños era la pesca. Había muchos planes para construir un exclusivo centro de vacaciones para gente adinerada.

El objetivo era mantener la isla tan privada y virgen como fuera posible sin dejar de asegurar un flujo de ingresos para la población local.

El día siguiente de la visita del médico, quien le había retirado las grapas y declarado en buena forma, Jewel abordó el tema de un paseo por la playa tras el desayuno.

–No estoy seguro de que debieras bajar escalones tan pronto, *yineka mou* –Piers frunció el ceño.

–Pero puedo sujetarme a ti –insistió ella con voz mimosa–. Por favor, Piers, me voy a volver loca. Llevo tanto tiempo mirando a lo lejos que empiezo a tener la sensación de estar contemplando una postal.

–No sé decirte que no –él sonrió–. De acuerdo, después del desayuno bajaremos a la playa. Haré que el cocinero nos prepare una cesta de comida para llevar.

–¡Gracias! –ella saltó en la silla como una niña–. ¡Qué ganas tengo de ir!

–Asegúrate de llevar calzado cómodo. No quiero que resbales en las escaleras.

Ella sonrió. La situación que vivía en esos momentos era perfecta. Atrás había quedado la sensación de que el mundo se desmoronaría a su alrededor en cualquier momento. Sólo faltaba que él consiguiera abrirse.

Durante días había discutido consigo misma, vacilado ante la falta de valor para preguntar. El otro problema era que, si conseguía hacerle hablar de su pasado, ella se vería obligada a hablarle del suyo.

Pronto, se prometió. Pero no aquella mañana. Nada iba a arruinar el paseo por la playa.

Con la cesta de picnic en una mano y la otra sujetando con firmeza a su esposa, Piers inició el descenso por las escaleras esculpidas en el acantilado. Con cada peldaño que bajaban, el sonido del mar se hacía más fuerte y Jewel se sentía más excitada.

Cuando al fin posaron los pies sobre la arena, la joven miró hacia arriba, hacia el impresionante acantilado que aislaba del resto del mundo esa franja de playa.

—Es como si estuviésemos en nuestro pequeño mundo particular —dijo ella impresionada.

—Nadie puede vernos, salvo desde un barco —Piers sonrió—, y sé de buena tinta que los lugareños no pescan en este lado de la isla.

—Eso abre la puerta a toda una serie de inconfesables posibilidades, ¿verdad?

—Puedes estar segura de que, una vez recuperada, pienso ceder a unas cuantas de esas posibilidades —dijo él con la mirada brillante.

Ella se echó a reír y se quitó los zapatos, hundiendo los dedos de los pies en la cálida arena. Incapaz de resistirse a la llamada de las espumosas olas, se apresuró hacia la orilla, deseosa de sentir el agua alrededor de los tobillos.

El agua le cubrió los pies y ella extendió los brazos para recibir la suave brisa, sonriendo encantada mientras sus cabellos flotaban al viento. Cerró los ojos y respiró hondo mientras deseaba poder parar el tiempo en ese preciso instante.

—Pareces una ninfa del mar —dijo Piers—. Más hermosa de lo que debería estarle permitido a ninguna mujer —estaba a su lado, con los pantalones remangados hasta las rodillas y los pies desnudos.

—¿Es segura esta playa para nadar?

Él asintió.

—Pues tendremos que hacerlo alguna vez.

—Pareces feliz, *yineka mou*. ¿Es gracias a mí?

La vulnerabilidad que reflejaban los negros ojos hizo que se quedara sin aliento. Ese hombre, fuerte y arrogante, era tan humano como cualquier otro. Sin plantearse la sensatez del gesto, se arrojó en sus brazos.

–Eres muy bueno conmigo, Piers. Me haces sentir muy feliz.

Él le devolvió el abrazo con cautela mientras sus miradas se fundían. Tenían los labios separados por milímetros y ella se los lamió, nerviosa por la sensación de anticipación.

Pero en lugar de esperarlo, fue ella la que lo atrajo hacia sí y lo besó. Él pareció conforme porque fuera ella quien tomara la iniciativa, explorando cada rincón de su boca con la delicada lengua.

Los dedos de Piers le acariciaron la nuca como un susurro antes de hundirse en sus cabellos y sujetarla con más firmeza a medida que el beso se intensificaba. La sal del mar bailaba sobre sus lenguas y se mezclaba con la dulzura de su pasión.

–¿Y yo te hago feliz a ti? –al fin ella lo soltó y lo miró con los ojos medio entornados.

–Me haces muy feliz –él le acarició una mejilla con el pulgar.

–¡Vamos! –ella sonrió alegremente antes de tomarlo de la mano y tirar de él–. Vamos a seguir.

Él se dejó arrastrar y juntos recorrieron cada centímetro de la playa antes de volver al lugar en que se encontraba la cesta de picnic.

–Ayúdame con la manta –dijo ella mientras intentaba, en vano, extenderla sobre la arena.

–Déjame a mí –Piers colocó un zapato en cada esquina para sujetarla–. Siéntate rápido antes de que se vuele otra vez.

Ella se sentó y colocó la cesta en el centro de la manta. Él se sentó a su lado y empezó a sacar la comida.

El sol brillaba con fuerza sobre sus cabezas y la arena brillaba como millones de diminutas gemas. Jewel suspiró y se volvió hacia el sol.

—Pareces muy contenta, *yineka mou.* Como un gato tumbado al sol.

—¿Nunca has deseado que un momento dure eternamente?

—No, creo que no —dijo Piers tras reflexionar un instante—, pero si fuera dado a esas cosas, elegiría un momento como éste.

—Es perfecto, ¿a que sí? —ella sonrió.

—Sí, lo es.

Terminaron de comer y Jewel se tumbó sobre la manta, disfrutando de los sonidos y olores del mar. El calor de los rayos del sol hizo que, poco a poco, se quedara dormida.

—Es hora de volver a la casa, *yineka mou* —Piers la sacudía suavemente—. El sol está a punto de ponerse.

Ella bostezó y pestañeó perezosamente. Después sonrió a Piers y le tendió una mano.

Juntos, recogieron los restos de la comida y lo guardaron todo, junto con la manta, en la cesta. Al llegar a las escaleras, él le tomó una mano y ella deslizó los dedos entre los suyos.

Aquella noche. Aquella noche abordaría el tema de su pasado y, por primera vez en su vida, no evitaría el suyo propio. Deseaba conocer sus secretos, la causa del dolor asentado en las profundidades de los negros ojos.

¿Compartiría sus secretos con ella o la dejaría fuera? ¿Tenía derecho a presionarle sobre algo de lo que, claramente, no quería hablar?

***

Fiel a su palabra, después de que Piers la hubiera encontrado tirada en el suelo del dormitorio, retorciéndose de dolor, ella había dormido en su cama cada noche. Por miedo a hacerle daño, él acostumbraba a acurrucarse contra la espalda de la joven y ella disfrutaba del calor y la seguridad que emanaba del atlético cuerpo.

La mayoría de las noches, Jewel se preguntaba si volverían a hacer el amor una vez que estuviera recuperada del todo de la operación. Sin embargo, aquella noche, se acurrucó contra él mientras intentaba reunir el valor suficiente para abordar el tema de su pasado.

–¿Piers?

–Hummm...

–¿Vas a contarme quién te hizo tanto daño? –ella se volvió lentamente y él se puso rígido–. ¿Quién te volvió tan desconfiado con las mujeres? –continuó–. ¿Y por qué no quieres que este bebé sea hija tuya?

–Ahí te equivocas, *yineka mou* –él la silenció colocando un dedo sobre sus labios–. Deseo que sea mía.

–Pero pareces convencida de que no lo es –ella se tumbó de lado.

Piers se tumbó de espaldas y se quedó con la mirada fija en el techo. Ella apoyó la cabeza sobre su hombro y, al no notar ninguna resistencia por su parte, se relajó y le acarició el velludo torso.

–Hace diez años conocí a una mujer y me enamoré de ella. Joanna. Yo era joven y estúpido, y convencido de ser el dueño del mundo.

–Eso nos ha pasado a todos a esa edad –ella sonrió.

–Supongo que sí –él rió–. En cualquier caso, se quedó embarazada, y nos casamos de inmediato.

Jewel soltó un respingo ante la semejanza, pero no dijo nada.

—Tuvo un hijo. Le llamamos Eric. Yo lo adoraba. Era el hombre más feliz del mundo. Tenía una hermosa mujer que parecía amarme. Tenía un hijo. ¿Qué más podía pedir?

Jewel hizo un gesto de pesar. Se imaginaba lo que seguiría.

—De repente, un día llegué a casa y la encontré haciendo el equipaje. Eric tenía dos años. Recuerdo cómo lloraba mientras yo intentaba razonar con Joanna. No entendía por qué quería irse. No habíamos tenido ningún problema. Al menos ninguno que me pusiera sobre aviso. Cuando al fin le dije que se marchara, pero que de ninguna manera se llevaría a mi hijo, me contestó que el niño no era mío.

—¿Y la creíste? —Jewel contuvo la respiración.

—No, no la creí —dijo él con sarcasmo—. Pero, resumiendo, su amante, con quien ya mantenía una relación cuando nos conocimos, había ideado el plan perfecto para extorsionarme. Varios meses, y una prueba de paternidad, después se demostró que Eric no era mío. Joanna se lo llevó, junto con una gran parte de mi dinero, y no he vuelto a saber nada de ninguno de los dos.

—¡Piers! —susurró ella—. Lo siento muchísimo. Qué horrible por su parte permitirte que te enamoraras de un niño que creías tuyo y luego arrancártelo con tanta crueldad. ¿Cómo pudo hacerlo?

—A veces sufro pesadillas —él le acarició el brazo desnudo—. Oigo a Eric que me llama y me pregunta por qué no lo ayudo, por qué lo abandoné. Lo único que recuerdo es el día que se marcharon, y cómo lloraba y chillaba Eric. Cómo alargaba sus bracitos en un intento de alcanzarme, mientras que lo único que yo podía hacer era verla marchar con mi hijo. Esa escena jamás se borrará de mi mente.

–Lo echas de menos.

–Durante dos años fue toda mi vida –dijo él–. Ahora me doy cuenta de que no amaba a Joanna. Estaba encaprichado de ella, pero a Eric sí lo amaba.

Jewel se incorporó y le acarició la mejilla mientras se inclinaba para besarlo en la boca. Después deslizó una mano hasta la barriga en la que el bebé daba patadas entre ambos cuerpos.

–Ella es tuya, Piers. Tuya y mía.

–Lo sé, *yineka mou*. Lo sé.

Capítulo Dieciséis

–Piers parece más relajado de lo que le había visto nunca –dijo Marley sentada en la terraza con vistas al mar.

–¿De verdad? –Jewel se volvió hacia su cuñada y sonrió–. Espero tener algo que ver con ello.

–Por supuesto que tienes algo que ver –Bella rió y tomó otro sorbo de vino–. Juraría que ese hombre está enamorado.

Jewel se mordió el labio y desvió la mirada. Deseaba que Piers la amara, pero él jamás pronunciaría las palabras. No creía que fuera capaz de ofrecerle su amor a otra mujer después de lo sucedido con Joanna.

–Tienes una casa preciosa, Jewel –dijo Marley–. Ojalá no estuviera tan lejos de Grecia.

–O de Nueva York –dijo Bella con sequedad–. ¿Crees que Piers lo planeó?

–Siempre nos quedan los jet privados, ¿no? –Jewel rió.

–Creo que tienes razón –reflexionó Marley–. El mundo parece mucho más pequeño cuando hay aviones por medio. No hay ninguna razón por la cual no podamos reunirnos en Nueva York para ir de compras. Theron es un encanto y seguro que nos alojaría sin problemas.

–Sólo porque no se comporte como un simio, saltando de rama en rama y golpeándose el pecho reclamando la posesión de su hembra, no quiere decir que sea un blandengue.

—Cuando se trata de Theron, se vuelve muy protectora y posesiva —Marley puso los ojos en blanco—. Lo que quería decir es que, de los tres hermanos, Theron sería el que se mostraría más conforme ante la idea de reunirnos todos. Chrysander y Piers se pasarían un mes entero organizando al equipo de seguridad.

—En eso tienes razón —Bella asintió.

—Marley, cuando le pregunté por qué hacía falta tanta seguridad, Piers mencionó que te había sucedido algo —Jewel miró a su cuñada inquisitivamente—. ¿Aún no se ha resuelto el asunto?

—En realidad —Marley suspiró con tristeza—, creemos que los hombres que me secuestraron han sido arrestados. Chrysander recibió ayer la llamada, pero no queríamos estropear nuestro viaje aquí. De vuelta, pasaremos por Nueva York para que pueda identificar a los sospechosos.

—Lo siento mucho, Marley —Bella rodeó a su cuñada por la cintura—. Qué momento, ahora que lo estás pasando tan mal con el embarazo.

—A Chrysander le preocupa que sea demasiado para mí —Marley se acarició la barriga, aún plana—, y aún se siente muy culpable. Odia la idea de que tenga que pasar por esto.

—Aun así, debe suponer un alivio saber que han sido arrestados —Jewel le acarició una mano—. No quiero ni imaginarme el miedo con el que debes haber vivido.

—Y las molestias que os habrá causado a ti y a Bella —añadió Marley—. Sé que Theron y Piers han tomado medidas ante el potencial peligro para cualquier persona cercana a ellos. A lo mejor ahora podremos relajarnos un poco.

—Por la libertad y la tranquilidad —Bella alzó su copa de vino en un brindis.

Jewel y Marley alzaron sus vasos de agua.

—Me alegro mucho de que estéis aquí —dijo Jewel.

—Te estamos muy agradecidas por haber hecho feliz a Piers —Bella abrazó a Jewel—. Ha sido tan... difícil.

—Le llevó mucho tiempo aceptarme —Marley asintió—. Ahora haría cualquier cosa por mí si se lo pidiera, pero al principio no fue así.

—Marley —Jewel se puso seria—, ¿crees que podrías conseguirme un rato a solas con Chrysander? Me gustaría hablar con él de algo, y prefiero que Piers no lo sepa por el momento.

—De acuerdo —Marley enarcó una ceja—, creo que podré. Pero debes saber que somos insaciablemente curiosas y que tendrás que darnos los detalles primero.

—Os lo contaré después de haber hablado con Chrysander —Jewel rió y le apretó una mano a Marley—. No quiero que intentéis hacerme cambiar de idea.

—¡Uf! —gruñó Bella—. No me gusta cómo suena eso.

—Siento demasiada curiosidad para intentar disuadirla —dijo Marley—. Si te quedas aquí fuera, Bella y yo nos ocuparemos de Piers mientras tú hablas con Chrysander.

—Gracias.

Las otras dos mujeres entraron en la casa y dejaron a Jewel tan absorta contemplando el mar que no se dio cuenta de la llegada de su cuñado.

—Marley dice que quieres hablar conmigo.

Sobresaltada, se volvió bruscamente y tragó con dificultad ante la presencia del hermano mayor de Piers que enarcó una ceja.

–¿Te asusto, Jewel?

–No, claro que no… bueno, sí –admitió ella.

–Pues desde luego no es ésa mi intención –dijo él–. Y ahora, cuéntame, ¿qué puedo hacer por ti?

Ella se retorció los dedos de las manos con nerviosismo. Seguramente era una mala idea, y Chrysander iba a decirle que estaba loca. Incluso podría llegar a enfadarse ante sus intenciones.

–Piers me ha hablado de Joanna y… Eric.

La mirada de Chrysander se volvió fría.

–Sé cuánto sufrió por lo ocurrido.

–Lo destrozó, Jewel –Chrysander suspiró y se acercó a Jewel–. Sufrir es decir muy poco. Amaba a Eric y lo consideró hijo suyo durante dos años. ¿Imaginas lo que debe de ser sentir durante tanto tiempo que un niño es hijo tuyo, y que después te lo arrebaten?

–No, no me lo puedo imaginar –ella bajó la mirada–. A mí también me destrozaría.

–A lo mejor lo entiendes ahora que te ha hablado de ellos.

–Ésa es la cuestión –ella lo miró fijamente–. Necesito tu ayuda.

–¿Mi ayuda? –Chrysander frunció el ceño confuso–. ¿Para qué?

–Para encontrar a Eric.

–No. Ni hablar. No permitiré que Piers vuelva a pasar por lo mismo otra vez.

–Por favor, déjame explicarme –Jewel agarró a Chrysander de una mano cuando éste se volvió para entrar de nuevo en la casa–. Parte del problema es que

Piers no pudo despedirse. No pudo echar el cerrojo. La herida sigue abierta y sangrando. Todavía llora a ese pequeño de dos años que perdió. Su único de recuerdo de Eric es del día que ella se marchó con él, de cómo el niño chillaba y lloraba. A lo mejor si pudiera verlo, lograría aliviar parte de ese dolor. Durante todos estos años debe haberse preguntado si Eric estaba bien, si era feliz, si necesitaba algo. Si ve que todo va bien, a lo mejor le serviría para aliviar el horrible dolor que siente.

—¿Estarías dispuesta a hacerlo? —preguntó Chrysander—. ¿Devolverías a su vida a un niño al que sabes que ama? ¿Te arriesgarías a que volviera a entrar en contacto con una mujer a la que una vez amó, sólo para que sea feliz de nuevo?

—Sí —contestó ella con voz ronca— Haría lo que fuera para aliviar tanto dolor.

—Quieres mucho a mi hermano —dijo Chrysander tras contemplarla largo rato.

—Sí —susurró ella tras cerrar los ojos—. Es cierto.

—Muy bien, Jewel. Te ayudaré.

—Gracias —ella le apretó la mano.

—Tan sólo espero que cuando esto haya acabado, mi hermano siga dirigiéndome la palabra.

—Le diré que no tuviste nada que ver —ella sacudió la cabeza con energía—. Aceptaré toda la responsabilidad.

—Creo que mi hermano tiene mucha suerte.

—Espero que él piense lo mismo —dijo ella con tristeza.

—Dale tiempo. Estoy seguro de que se dará cuenta.

—Haré algunas investigaciones —Chrysander besó a su cuñada en la frente—. Te informaré.

–Me temo que ya no podemos sujetarle por más tiempo –Bella apareció en la terraza–. Espero que hayáis terminado. Theron y Piers están convencidos de que estamos tramando algo maligno.

–Bella –Chrysander rió–, no me cabe la menor duda de que, en cuanto a ti, sería absolutamente cierto. No he olvidado que arrastraste a mi mujer a un salón de tatuajes no hace mucho.

–¿Un salón de tatuajes? –Jewel soltó una carcajada–. Tienes que contármelo, Bella. ¿Le dio un infarto a Chrysander?

–Puede que gritara con bastante fuerza antes de arrastrarnos a la calle –dijo Bella con una sonrisa inocente.

Jewel la abrazó en un gesto de solidaridad.

–Lo que faltaba. Otra mujer para causar problemas –dijo Chrysander con fingido fastidio.

La puerta de la terraza se abrió y apareció Marley seguida de Piers y Theron. Los dos hermanos miraron con expresión de sospecha a Chrysander que reía con Bella y Jewel.

–Sea lo que sea que os haya contado, es mentira –dijo Theron mientras atraía a Bella hacia sí.

–¿Por qué tengo la sensación de que mi familia está tramando algo contra mí? –murmuró Piers mientras se colocaba junto a Jewel.

–Te estás poniendo paranoico –ella lo abrazó con fuerza y lo besó en la barbilla–. Chrysander sólo nos estaba contando algunos secretos familiares.

–No os preocupéis –aclaró Chrysander ante las miradas de horror de Piers y Theron–. No les he contado nada que podáis lamentar después.

–¿Te refieres a que hay cosas de las que se lamentan? –preguntó Bella–. Cuéntalo todo, por favor. Theron siempre se comporta como si yo fuera la díscola de la familia.

Jewel se relajó contra el cuerpo de Piers y disfrutó con las risas y las bromas. Le gustaban mucho Bella y Marley, y cada vez se sentía menos incómoda con Theron y Chrysander.

Como tantas otras veces, la mano de Piers se deslizó hasta la barriga de Jewel, que sentía aumentar el amor que sentía por su marido cada vez que lo hacía.

Empezaba a darse cuenta de que se trataba de un hombre muy apasionado. Cuando amaba, lo hacía con todas sus consecuencias. Tanto ella como su hija serían afortunadas por poder disfrutar de su amor y devoción. Jamás tendría que volver a preocuparse por estar sola.

–¿Lista para la cena, *yineka mou*? –murmuró él–. Me han dicho que el chef ha preparado tus platos favoritos esta noche.

–Creo que empiezo a acostumbrarme a todos estos mimos –suspiró ella.

–Te conformas con poco –bromeó él.

–Sólo te necesito a ti –dijo ella con semblante serio.

–No me provoques o me olvidaré que tenemos invitados y te llevaré en brazos a la cama.

–¿Y por qué tendría que ser algo malo? Tus hermanos están casados. Lo comprenderían.

–Me haces perder el control, *yineka mou* –él rió y le besó la punta de la nariz–. Vamos a cenar. Después te llevaré a la cama.

Capítulo Diecisiete

—Señora Anetakis, tiene una llamada.

Jewel le dio las gracias a la doncella y esperó a que se fuera para contestar.

—¿Diga?

—Jewel, soy Chrysander. Tengo información sobre Eric. Las noticias no son buenas.

Jewel frunció el ceño y entró en la casa para oír mejor, sin el eco del rugido del mar.

—¿Qué sucede?

—Lo he encontrado. Está en un hogar de acogida. El estado de Florida se hizo cargo de su custodia hace dos años. Desde entonces ha pasado por seis hogares.

—¡No! —susurró ella mientras agarraba el teléfono con fuerza. La noticia iba a destrozar a Piers.

—¿Estás bien, Jewel?

—Estoy bien —contestó ella con voz temblorosa mientras tragaba con dificultad. Los recuerdos que había reprimido tanto tiempo afloraron a su mente—. Gracias por tu ayuda, Chrysander. Me gustaría que me enviaras todo por correo electrónico. Quiero estudiar toda la información a fondo antes de contárselo a Piers.

—Lo comprendo. Te lo enviaré en cuanto colguemos. Y, Jewel, si necesitas que te ayude en algo más, dímelo.

—Gracias, Chrysander. ¿Qué tal está Marley?

—No ha sido fácil para ella —él suspiró—. No se encuentra bien con el embarazo, y el estrés de haber tenido que identificar a los secuestradores y de volver a declarar le está afectando.

—Lo siento —contestó Jewel con dulzura—. ¿Os quedaréis mucho más tiempo en Nueva York? ¿Tendrá que quedarse hasta el juicio?

—No si puedo evitarlo —exclamó él—. El fiscal del distrito ha ofrecido un acuerdo. Si lo aceptan, se librarán del juicio y Marley habrá acabado con esta pesadilla.

—Dale muchos besos de mi parte.

—Lo haré. Si hay algo más que pueda hacer, dímelo.

—Lo haré, Chrysander.

Tras colgar el teléfono, Jewel fue en busca del portátil. Minutos después, recibió el mensaje de Chrysander. Lo leyó con detalle y frunció el ceño. Habría que hacer algunas llamadas, pero se moría de ganas de contarle a Piers lo que había descubierto. Eric no tenía ninguna necesidad de continuar en un hogar de acogida cuando tenía una familia dispuesta a quererlo.

Piers se hundió en la silla tras su escritorio y contempló con tristeza el montón de cartas. Jamás se había relajado tanto en cuestiones de trabajo. Jewel era la culpable de su falta de atención.

Los correos electrónicos se contaban por cientos, su buzón de voz estaba saturado y llevaba días sin abrir ninguna carta. Sus hermanos le iban a mandar al infierno, pero también se alegrarían de saber que el trabajo ya no el único sentido de su vida.

Suspiró y encendió el ordenador para echar un vistazo a los mensajes acumulados. Después descolgó el teléfono para escuchar los mensajes del buzón de voz. La mayoría era informes rutinarios. Unos cuantos eran mensajes de pánico de algún gerente de sus hoteles, y uno le ofrecía comprar el nuevo hotel de Río de Janeiro. El último mensaje le hizo sonreír: no muchas empresas podían permitirse comprar un hotel Anetakis. No reparaban en gastos.

En cuanto hubo terminado con el buzón de voz, telefoneó a Chrysander. Quería preguntar por Marley y saber qué había pasado con la identificación de los secuestradores.

Al no recibir respuesta, llamó a Theron. Tras hablar durante varios minutos sobre negocios, Theron le puso al día sobre Chrysander y Marley.

Mientras conversaban, repasó distraídamente las cartas amontonadas sobre el escritorio. Al descubrir una que llevaba el remite de un laboratorio, se quedó helado.

—Luego te llamo, Theron. Dale un beso a Bella de mi parte.

Tras colgar, contempló fijamente el sobre. Una sonrisa se formó en sus labios mientras jugueteaba con la carta. Ahí estaba la prueba de su paternidad. Negro sobre blanco, la prueba irrefutable de que era el padre.

La última vez había resultado al revés y había perdido todo aquello que más le importaba en el mundo. En esa ocasión… en esa ocasión sería perfecto. Tenía una hija en camino. Su hija.

«Mía».

Dejó el sobre a un lado. No había necesidad de

abrirlo. Ya sabía qué ponía. Su confianza en Jewel le sorprendió, pero tuvo que admitirlo: confiaba en que ella no lo traicionaría.

Tras repasar algunas otras cartas, volvió a concentrarse en el sobre. Lo abriría para deleitarse con la sensación. Luego iría en busca de Jewel para hacerle el amor apasionadamente.

La idea hizo que su cuerpo se tensara de necesidad.

Tenía ganas de celebrarlo. A lo mejor llevaría a Jewel de viaje a París. A ella le encantaba viajar y el médico le había dado el alta definitiva de la operación. Para estar tranquilos, le pediría cita para una revisión y una ecografía. Después se marcharían en el jet privado. Podrían hacer el amor en París y luego, quizás, continuar viaje hacia Venecia. Podrían disfrutar de la luna de miel que no habían tenido al casarse.

Sin dejar de sonreír, dudó un instante y abrió la carta.

Tras repasar rápidamente los saludos de rigor y los agradecimientos por elegir ese laboratorio, llegó al final, donde se reflejaban los resultados.

Y se quedó de piedra.

Lo leyó una y otra vez, seguro de no haber comprendido bien. Pero no, no había ninguna duda.

No era el padre.

La furia inundó sus venas, inflamándolo hasta que estuvo a punto de explotar. Otra vez. Le había vuelto a ocurrir. Pero aquella vez era distinto. Muy distinto.

¿Qué había pretendido Jewel? ¿Quería, como Joanna, que estableciera algún lazo afectivo con el bebé antes de marcharse? ¿Utilizaría al bebé como moneda de cambio?

¿Sería Kirk el padre o había algún otro hombre más en su vida?

¿Más mayor y maduro? Tenía ganas de golpearse a sí mismo ante su estupidez. Había estado convencido de que jamás volverían a engañarlo como en el pasado, pero ¿acaso había hecho algo para evitarlo?

Con manos temblorosas, volvió a leer el insultante documento. Maldita fuera esa mujer.

Ella se había abierto paso en su vida, en su familia. Sus cuñadas la adoraban, y sus hermanos la habían aceptado. Por él. Porque él la había impuesto en sus vidas.

Jamás se había sentido tan mal en su vida. Ojalá no hubiera abierto el maldito sobre.

Qué idiota había sido. Qué idiota sería siempre. Había perdido un valioso tiempo construyendo una relación basada en mentiras y traiciones. Le había comprado la casa de sus sueños, hecho todo lo posible por hacerle feliz.

Peor aún, había caído en su propia fantasía. Había empezado a pensar que podrían ser una familia. Que le había sido dada otra oportunidad para tener una esposa y un hijo. Que al final podía albergar esperanzas.

Miró fríamente el papel entre sus manos. Lo peor era que le había seguido el juego y le había asegurado su manutención independientemente de la paternidad del bebé. De cualquier modo ella ganaba. ¿Y él?

Lo había perdido todo.

Jewel sujetó los papeles contra el pecho y corrió al despacho de Piers. Sabía que sufriría al conocer el destino de Eric y el hecho de que Joanna lo hubiera abandonado hacía dos años, pero lo más importante era sacar al niño de la situación en la que estaba.

Una sensación de angustia la invadió al pensar en el pequeño yendo de una a otra casa de acogida. ¿Habría albergado las mismas esperanzas que ella de pequeña antes de sufrir una decepción tras otra?

Ni siquiera se molestó en llamar a la puerta e irrumpió, casi sin aliento. Al ver el gesto de Piers, sentado tras el escritorio con un documento arrugado entre las manos, se paró en seco. La horrible expresión casi le hizo olvidar el motivo de su presencia allí.

−¿Piers?

Él la miró con expresión gélida, provocándole un escalofrío.

−¿Va todo bien? −Jewel dio un paso al frente.

−Dime, Jewel −él se puso lentamente en pie, con calculada precisión−. ¿Cómo habías pensado salirte con la tuya? ¿O acaso ibas a prolongar la farsa hasta tenerme a tu merced?

Ella se sintió desfallecer. ¿Cómo había averiguado lo de Eric? ¿Por qué estaba tan enfadado?

−Venía a contártelo ahora mismo. Pensé que te gustaría saberlo.

Él soltó una carcajada que era de todo menos alegre. Jewel dio un paso atrás ante el evidente enfado. Ira. Ésa era la palabra.

−Ah, sí, Jewel. Me gustaría saberlo. Y hubiera preferido saberlo cuando toda esta pantomima empezó. ¿Disfrutaste cuando me quejé en voz alta de Joanna y su traición? ¿Te dio satisfacción saber que la tuya era aún más sólida?

Ella sacudió la cabeza confusa. ¿De qué demonios hablaba?

–No te comprendo. ¿Por qué estás tan enfadado conmigo? Yo no te he hecho nada, Piers.

–¿No me has mentido? –rugió él–. ¿No has intentado endosarme el hijo de otro hombre? Me dejas estupefacto, Jewel. ¿Cómo consigues parecer la víctima? La única víctima aquí soy yo, y esa pobre criatura de la que estás embarazada.

El dolor la asaltó y le hizo encogerse en un familiar gesto defensivo perfeccionado con los años.

–Me odias –susurró ella.

–¿Acaso sugieres que podría amar a alguien como tú? –exclamó él–. Aquí tienes la verdad –añadió mientras le arrojaba el papel que tenía en la mano–. La verdad que no estabas dispuesta a contarme. La verdad que me merecía.

Ella tomó la hoja de papel con una mano temblorosa y, entre la cortina de lágrimas de sus ojos, lo leyó. Tuvo que hacerlo tres veces para comprender antes de quedarse helada.

–Esto está equivocado –dijo en voz baja.

–¿Todavía insistes en la farsa? –él rió amargamente–. Todo ha terminado, Jewel. Las pruebas no mienten. Dejan claro sin lugar a dudas de que no hay posibilidad de que yo sea el padre.

Ella lo miró con el rostro inundado de lágrimas. Él la miraba frío. Muy frío. Duro. E implacable.

–Has estado esperando este momento. Mi caída –balbuceó ella–. Desde el día que te llamé. Es el único resultado que te satisfacía. No ibas a quedarte a gusto hasta que no demostraras que yo no era mejor que Joanna.

—Tienes un gran don para el dramatismo.

—Los resultados están equivocados —ella se enjugó las lágrimas, furiosa por haberle dejado verla llorar—. Es tuya, Piers. Tu hija.

Ante la seguridad en la voz de Jewel, algo brilló un instante en los ojos de Piers, pero enseguida volvió a ser la gélida mirada de siempre.

Jamás lograría convencerle. Ya la había juzgado y sentenciado. Todavía le quedaba un rastro de orgullo. No le suplicaría. No se humillaría. No le permitiría saber lo destrozada que se sentía ante su rechazo. Ni cuánto lo amaba.

Alzó la barbilla y se obligó a mirarlo a los ojos.

—Algún día lo lamentarás —dijo con calma—. Un día despertarás y te darás cuenta de que arrojaste por la borda un tesoro. Espero, por tu bien, que ese día no tarde demasiado y que consigas encontrar la felicidad que tan decidido estás a negarte a ti mismo y a quienes te rodean.

Con cierta dificultad, y el corazón destrozado por el dolor, se dio la vuelta. Aferró con fuerza los papeles que había querido enseñar a Piers y se marchó con ellos pegados al pecho. Él no hizo el menor gesto por impedírselo y ella supo que no lo haría. Se quedaría allí, encerrado en su refugio, hasta que se hubiera marchado.

Lentamente subió hasta el dormitorio. Sacó una maleta y empezó a guardar su ropa dentro.

—Señora Anetakis, ¿necesita algo?

Jewel se dio la vuelta y vio a la doncella junto a la puerta, con expresión perpleja.

—¿Podría pedirme un coche que me lleve a la ciudad? —preguntó—. Estaré lista en quince minutos.

—Por supuesto.

Jewel volvió al equipaje, empeñada en no desmoronarse. Sobreviviría. Había sobrevivido a cosas peores.

Una vez terminado el equipaje se concentró en las hojas que contenían toda la información sobre Eric. Aunque Piers y ella ya no estuvieran juntos, no permitiría que ese niño permaneciera a cargo del estado, entrando y saliendo de familias de acogida.

Cerró los ojos y suspiró. Resultaría mucho más sencillo con el dinero y el poder del apellido Anetakis. Lentamente, abrió los ojos y frunció el ceño. A lo mejor no tenía el dinero, pero sí el apellido. En efecto, Piers había dispuesto cubrir sus necesidades en caso de divorcio, pero nadie sabía cuánto tiempo tardaría en poder hacerse con el legado. Necesitaba dinero de inmediato. Eric no podía esperar.

Se dirigió al vestidor y buscó el collar y los pendientes de diamantes que Piers le había regalado para la boda. Con la punta del dedo acarició las brillantes piedras mientras recordaba cómo había abrochado él el collar alrededor de su cuello.

Entre el anillo de pedida, el collar y los pendientes reuniría dinero suficiente para vivir hasta conseguir el legado dispuesto por Piers.

—Señora Anetakis, el coche espera.

Jewel cerró la maleta y sonrió a modo de agradecimiento. Contempló por última vez la habitación que había compartido con Piers y luego bajó las escaleras.

Una vez dentro del coche, dio instrucciones al conductor para que la llevara hasta el aeródromo. No tenía tiempo de pedir que le prepararan el jet de

Piers, aunque no sentía ningún remilgo en usarlo. Pero no quería quedarse en aquel lugar más de lo estrictamente necesario. Tomaría el primer vuelo que saliera de la isla y se dirigiría a Nueva York, para ver a Bella y a Marley. Después rezaría para que ellas le ayudaran a salvar a Eric.

Capítulo Dieciocho

–Jewel, ¿qué demonios haces aquí? –preguntó Bella mientras arrastraba a Jewel al interior de la casa–. ¿Sabe Piers que has venido? ¿Ha venido contigo?

Jewel tenía un nudo en la garganta. Pero no iba a echarse a llorar otra vez.

–¿Qué ha pasado? – Marley apareció detrás de Bella con una expresión de simpatía en el rostro.

A pesar de su resolución, Jewel estalló en llanto. Bella y Marley la condujeron al salón.

–¿Están Chrysander y Theron aquí? –consiguió preguntar entre sollozos.

–No, y tardarán un rato en venir –dijo Bella–. Siéntate antes de que te desmayes. Pareces agotada.

Jewel se sentó en el borde del sofá mientras sus cuñadas la contemplaban inquieta.

–¿Qué ha hecho el idiota de mi cuñado? –preguntó Marley.

–Me temo que, según él, soy yo la que le he hecho algo a él –ella intentó sonreír.

–Viniendo de él no me extraña nada –exclamó Bella–. Además, salta a la vista que estás locamente enamorada de él.

–El problema –Jewel enterró el rostro entre las manos– es que cree que soy de lo peor.

–Cuéntanos qué ha pasado –Marley le rodeó los hombros y la abrazó.

La joven contó toda la historia, de principio a fin, incluyendo la parte de Joanna y Eric.

—Menudo idiota —gruñó Bella—. ¿Se le ocurrió siquiera llamar al laboratorio para pedir un segundo análisis? ¿Se cuestionó el resultado? Está claro que ha habido un fallo.

—Gracias por creer en mí —Jewel sonrió agradecida—. Pero la cuestión es que ha conseguido lo que buscaba. Desde el principio ha esperado que me caiga del pedestal. Desde lo de Joanna no ha sido capaz de creer en una mujer.

—¿Y qué vas a hacer? —preguntó Marley—. Estás enamorada de él.

—Pero él no me ama. Más aún, no quiere amarme. No puedo vivir con alguien que desconfía en mí tanto como él.

—¿Y qué pasa con Eric? —preguntó Bella—. Supongo que no vas a permitir que siga como está.

—No —contestó Jewel con firmeza—. Y por eso he venido. Necesito vuestra ayuda.

—Lo que sea —Marley apoyó una mano en la de su llorosa cuñada.

—He empeñado las joyas que Piers me regaló. Bastará para alquilar algo pequeño en Miami para poder tener una residencia permanente. Pero necesitaré dinero para que el estado me considere económicamente solvente para hacerme cargo de Eric. No conseguiré el legado de Piers hasta el divorcio, y no tengo ni idea de cuánto tardará.

—Lo mejor de tener mi propio dinero —Bella sonrió— es no tener que depender de los millones de los Anetakis. Sin ánimo de ofender, Marley.

—No me ofendes —contestó su cuñada secamente.

–Tengo algo de dinero que puedo darte, y te mandaré más para que puedas alquilar algo mejor que «algo pequeño», en Miami. Si pequeño está bien, grande estará mejor, ¿verdad?

–Muchísimas gracias –Jewel apretó la mano de su cuñada–. Tenía miedo de que me odiarais, de que pensarais que había traicionado a Piers.

–Tengo la sensación de que Piers se levantará un día dándose cuenta de que ha cometido el mayor error de su vida –Marley suspiró–. Y casi me gustaría estar ahí para verlo.

–No te sientas mal, Jewel –la consoló Bella–. Me temo que los Anetakis son bastante obtusos en lo que al amor respecta.

–Cierto –admitió Marley.

–Mantennos informadas sobre Eric. Me encantaría conocerlo –dijo Bella.

–Desde luego.

–¿Ya tienes organizado tu traslado a Miami? –preguntó Marley.

–Aún no –Jewel sacudió la cabeza–. He venido directamente aquí desde la isla.

–Lo primero –Bella se puso en pie con expresión decidida– será celebrar una buena comida entre chicas, seguida de una tarde de mimos en el spa. Dios sabe que las dos embarazadas lo necesitáis. Después pediremos un jet privado para que te lleve a Miami, y yo haré que un coche te espere allí para llevarte donde tú quieras. Piers será un idiota, pero tú sigues siendo familia.

Jewel volvió a estallar en sollozos y Bella gruñó.

–¿Ahora entendéis por qué no me apetece reproducirme? El embarazo convierte a las mujeres en un caos hormonal.

Marley se enjugó rápidamente sus propias lágrimas y Jewel soltó una carcajada, seguida de sus cuñadas.

–De acuerdo, ya basta de lagrimitas. Vamos a marcharnos antes de que vuelvan los hombres. Les dejaré una nota diciendo que me he llevado a Marley a pasar una tarde de desenfreno. No les sorprenderá lo más mínimo –Bella rió.

–Prometedme las dos que vendréis de visita a Miami –dijo Jewel–. Os echaré mucho de menos. Siempre he querido tener una familia, y no habría dos hermanas mejores que vosotras.

–Yo desde luego iré a verte –prometió Marley–. Le echaré la culpa a Bella. Es mi excusa habitual y me evita problemas con Chrysander. Theron la quiere tanto que la mima espantosamente.

–Las dos tenéis mucha suerte –dijo Jewel con tristeza.

–Lo siento, Jewel –Marley la miró apenada–. Ha sido muy poco considerado por mi parte.

–Échale la culpa al embarazo –dijo Bella–. No hay duda de que tener un parásito dentro chupando tus neuronas tiene que producir un impacto negativo tarde o temprano.

–Eres deliciosamente irreverente –Jewel soltó una carcajada seguida de Marley–. No me extraña que Theron te ame tanto.

–Venga, vámonos. Mi radar de hombres me dice que no están lejos. Cuanta más distancia pongamos entre esta casa y nuestro destino, menos probable será que nos encuentren.

Con los brazos entrelazados, se dirigieron hacia la puerta, donde tropezaron con Reynolds, el jefe de seguridad de Theron.

–¿Podemos contar con tu discreción o correrás a informar a Theron? –Bella suspiró, y miró amenazadoramente al hombre.

–Eso depende de adonde crean que van –Reynolds se aclaró la garganta.

–Lo que tenemos aquí, señor mío, es una damisela en apuros –Marley siguió hacia delante–. Una muy embarazada damisela en apuros. Necesita pasar un día en el spa. Ya sabes, ese lugar en el que hacemos esas cosas de chicas que tanto miedo os dan.

–Bueno –Reynolds palideció ligeramente–. Siempre que sea eso y no un lugar inapropiado.

–Jamás me permitirás volver a ese club de striptease, ¿verdad? –Bella lo miró furiosa mientras se dirigían al coche.

–¿Club de striptease? –preguntó Jewel– Quiero conocer los detalles.

–Y te lo contaré todo en cuanto estemos envueltas en barro de pies a cabeza –dijo Bella mientras se sentaba en el coche y se inclinaba hacia Reynolds, acomodado en el asiento delantero–. Y una cosa más, Reynolds. Todo este asunto es secreto. No has visto a Jewel, no sabes quién es, no la has visto en tu vida, ¿vale?

–¿A quién? –Reynolds sonrió con solemnidad.

–Es un tipo bastante majo –Bella sonrió satisfecha–, siempre que no tema por su trasero.

–Lo he oído –dijo Reynolds.

–Muy bien, chicas –Bella rió–. Vamos a pasar el día en el spa. Después llevaremos a Jewel al aeropuerto para que pueda volar a Miami.

***

Piers contempló pensativo las olas, con las manos hundidas en los bolsillos del pantalón. Unos pantalones que no se había cambiado en tres días. Parecía, y se sentía, como si llevara un mes de resaca. No se había duchado ni afeitado. Los empleados lo evitaban como la peste y, cuando no podían evitar relacionarse con él, lo miraban con desaprobación. Como si hubiera sido el culpable de su marcha.

Y en cierto modo lo era. No le había facilitado las cosas para que se quedara. No es que le hubiera pedido que se marchara, pero ¿qué mujer se quedaría junto a un hombre que se hubiera mostrado tan cruel, tan despreciativo?

Cerró los ojos y respiró el aire del mar que Jewel tanto adoraba. Ella amaba el mar tanto como él la amaba a ella. Apasionadamente.

Se suponía que el amor debía carecer de barreras ni condiciones. Pero nunca le había ofrecido tanto a Jewel. Ni siquiera le había ofrecido su apoyo incondicional. Le había exigido, y ella había concedido. Había tomado y ella había ofrecido.

Era un bastardo.

¿Cómo iba a contarle la verdad si no la dejaba? Desde el principio le había dejado prácticamente claro que la echaría de casa si descubría que le había mentido.

Aunque lo cierto era que no le importaba.

Se había dado cuenta al descubrir su marcha. No le importaba si el bebé era biológicamente suyo o no. Estaba casado con Jewel, y eso significaba que madre y bebé le pertenecían. Sería el padre del bebé porque ése era el deseo de Jewel. Porque ése era su propio deseo.

Su amor por Eric no había disminuido al saber que no era su hijo biológico. Amaba a su hija, y nada podría cambiarlo. Había arruinado su oportunidad de tener una familia. Una esposa y una hija. Y todo porque había estado convencido de que Jewel era otra Joanna.

Jewel tenía razón. Había esperado que cayera, que le diera las armas que necesitaba para destruirla porque no soportaba ser destruido por segunda vez. Y también tenía razón en otra cosa, algo que no le había llevado mucho tiempo descubrir. Había destruido un tesoro.

–Te amo, *yineka mou* –susurró–. No merezco tu amor, pero puedo ofrecerte el mío. Puedo intentar compensarte por el daño que te he hecho. Por favor, perdóname.

Las palabras que había jurado no volver a decirle a una mujer liberaron algo enterrado en su alma. Respiró hondo mientras el dolor del pasado desaparecía, arrastrado por el viento, mar adentro. Había permitido que la amargura y la ira lo gobernaran demasiado tiempo. Había llegado la hora de dejarlas ir y de abrazar el futuro junto a Jewel.

Se dio la vuelta y se dirigió hacia la casa. En cuanto entró empezó a lanzar órdenes a gritos. Al principio fue recibido por una fría resistencia, hasta que los empleados fueron conscientes de lo que se proponía. Entonces estalló un torbellino de actividad mientras todos se afanaban en proporcionarle lo que deseaba.

–Llamé a un coche para que la llevara a la ciudad –dijo una de las doncellas.

Localizado el conductor, éste admitió haberla llevado al pequeño aeropuerto.

Frustrado, Piers acudió al aeropuerto para interrogar al vendedor de pasajes, pero ni siquiera el apellido Anetakis fue capaz de proporcionarle los resultados deseados. Nadie quiso decirle si Jewel había tomado un vuelo, ni adónde.

Kirk.

Por supuesto. Cada vez que había necesitado un lugar en el que alojarse, había vuelto a casa de Kirk. Ella parecía confiar en ese tipo, y entre los dos se notaba que había un sincero afecto.

Consideró su aspecto con repulsión. No iría a ningún lugar con esa pinta. Lo más seguro era que lo detuvieran por vagabundeo.

Camino de vuelta a la casa, telefoneó a su piloto y le dio instrucciones para que preparara el jet privado para despegar en una hora.

Iba a encontrar a Jewel y llevarla de vuelta, a ella y a su hija, al lugar al que pertenecían. A casa.

Capítulo Diecinueve

Piers llamó al apartamento de San Francisco. Pero no fue Jewel quien abrió, sino Kirk.

–¿Está Jewel aquí? –preguntó Piers secamente.

–¿Y por qué debería estar aquí? –Kirk entornó los ojos–. ¿Por qué no está contigo?

–¿Tienes idea de adónde podría haber ido? –Piers cerró los ojos. Le fastidiaba tener que pedirle ayuda a ese hombre, pero, para encontrar a Jewel, estaba dispuesto a hacer cualquier cosa.

–Será mejor que entres y me cuentes qué está pasando –dijo Kirk.

–Le dije cosas horribles –admitió Piers–. Estaba enfadado y la tomé con ella.

–¿Sobre qué?

Consciente de que necesitaba la ayuda de ese hombre, Piers le contó toda la historia, de principio a fin. A lo mejor si conseguía parecer lo bastante compungido, Kirk no pensaría que era un bastardo y le diría lo que supiera sobre Jewel.

–Eres un idiota de primera clase, ¿a que sí? Jewel jamás mentiría sobre algo así. ¿Nunca te habló de su infancia? Imagino que no, de lo contrario no hubieras reaccionado así contra ella.

–¿De qué hablas?

–Desde la muerte de sus padres, siendo ella apenas un bebé –Kirk hizo una mueca de disgusto–, Jewel pasó de una familia de acogida a otra. Las primeras fueron temporales, hasta encontrarle un hogar permanente. La primera familia era una auténtica joya. El hijo mayor intentó abusar de ella. Se lo contó a la asistenta social quien, afortunadamente, la creyó. De modo que la llevaron a otra casa, junto con otra niña de su misma edad. Lo que no sabía era que la familia no tenía intención de quedarse con ambas. Aceptaron dos para poder elegir. Y ella no fue la elegida. De modo que perdió una familia en la que había llegado a confiar, y una hermana a la que amaba.

—*Theos* —masculló Piers entre dientes.

—Las cosas parecieron mejorar cuando una pareja que no podía tener hijos decidió adoptar a Jewel. La adopción estaba prácticamente formalizada cuando la madre descubrió que estaba embarazada. No podían permitirse tener más de un hijo y ya podrás imaginarte a cuál eligieron. Una vez más, Jewel fue rechazada.

Piers cerró los ojos. Él también la había rechazado, junto con su bebé.

—Después de aquello, dejó de creer en los finales felices. Creció muy deprisa. Pasó por diversos estamentos del estado hasta ser lo bastante mayor para valerse por sí misma. Desde entonces no ha parado de moverse de un lugar a otro, sin establecerse en un lugar, sin establecer lazos con nadie. Sin tener un hogar. Sencillamente no se cree merecedora de uno.

—Si se pone en contacto contigo —Piers le devolvió la mirada con el estómago encogido—, ¿me lo harás saber? Está embarazada y sola. Debo encontrarla para arreglar las cosas.

Kirk lo contempló largo rato antes de asentir y aceptar la tarjeta que Piers le tendía.

–Llámame a cualquier hora. No importa.

–¿Adónde irás ahora? –Kirk acompañó a Piers hasta la puerta.

–Voy a Nueva York a ver a mis hermanos. Algo que debía haber hecho ya.

Piers llamó a la puerta de la casa de su hermano. No le gustaba la idea de enfrentarse a ellos tras su grave error. Y aún menos tener que pedirles ayuda, pero si servía para encontrar a Jewel…

–¿Piers? ¿Qué haces aquí? ¿Por qué no llamaste para decir que venías? ¿Dónde está Jewel?

–¿Puedo pasar? –Piers hizo un gesto de fastidio ante la avalancha de preguntas de Theron.

–Claro –Theron se hizo a un lado–. Estábamos a punto de cenar. Tienes un aspecto horrible.

–Gracias –contestó Piers secamente.

Al entrar en el comedor, Chrysander, Marley y Bella levantaron la vista. Pero únicamente Chrysander pareció sorprendido.

–¿Qué ha pasado? –Chrysander miró a su hermano fijamente.

–Jewel me ha abandonado –dijo él con desesperación.

Theron y Chrysander empezaron a hablar a la vez, mientras que las mujeres se limitaron a intercambiar miradas en silencio.

–Eso no tiene sentido –dijo Chrysander–. No después del tiempo que dedicó a…

Marley le dio un codazo para hacerle callar. Chrysander la miró perplejo, pero obedeció.

–¿Y por qué te ha dejado, Piers? –Bella se puso en pie y apoyó las manos en las caderas.

La voz era exageradamente dulce y le recordó a Piers por qué los hombres temían a las mujeres.

—Bella, a lo mejor a Piers no le apetece contarnos esas intimidades —sugirió Theron.

—Está aquí, ¿no? —Marley enarcó una ceja—. Quiere nuestra ayuda. Tenemos derecho a saber si se la merece o no.

—Si quieres la verdad, no, no me la merezco, pero de todos modos os la pido.

—¿Por qué? —preguntó Bella.

—Porque la amo —Piers contempló a ambas mujeres—, y cometí un terrible error.

—¿Entonces llamaste a ese estúpido laboratorio para descubrir el error? —dijo Marley furiosa.

Chrysander y Theron se volvieron hacia Marley y Bella. La primera se sonrojó y miró a su cuñada con un gesto de disculpa, pero Bella se limitó a encogerse de hombros.

—No he llamado al laboratorio. No me importan los malditos resultados. La amo, y a nuestra hija. Me importa un bledo quién sea el padre biológico. Es mi hija, y no tengo intención de renunciar a ella o a Jewel.

—¿Por qué tengo la impresión de que tú y yo somos los únicos que no tenemos la menor idea de qué demonios está pasando aquí? —dijo Theron a Chrysander.

—Pero apuesto a que nuestras encantadoras esposas podrían ilustrarnos —dijo Chrysander.

Las dos cuñadas se cruzaron de brazos y apretaron los labios.

Con la desesperación reflejada en el rostro, Piers se acercó a las dos.

—Por favor, si sabéis dónde está, decídmelo. Tengo que solucionar las cosas. La amo.

Marley suspiró y miró con insistencia a Bella.

–Puede que la haya ayudado a conseguir una casa en Miami –cedió Bella al fin.

–Pero ¿no es allí donde…? –Chrysander enmudeció ante la nueva mirada asesina de Marley.

–¿Dónde en Miami? –insistió Piers, ignorando el cruce de miradas entre la pareja.

–Si vas allí y la disgustas otra vez, me aseguraré personalmente de que todos los miembros del servicio de seguridad de Theron caigan sobre ti –lo amenazó Bella.

–Dímelo, Bella. Necesito verla. Necesito asegurarme de que tanto ella como el bebé están bien.

–Ayer, cuando hablé con ella, sonaba bien –dijo Marley como si tal cosa.

–Parece que Bella y tú habéis estado muy ocupadas –dijo Chrysander.

–Si os dejáramos las cosas a los hombres, el mundo sería un desastre –Marley rió con ironía.

–Creo que nos acaban de insultar –dijo Theron secamente.

–Ésta es su dirección –Bella le entregó un trozo de papel–. Confió en mí, Piers. No la fastidies.

–Gracias –Piers la abrazó y la besó en la mejilla–. La traeré de visita en cuanto pueda.

Jewel acarició la cabeza de Eric mientras lo contemplaba dormir plácidamente. Lo arropó y salió de puntillas del dormitorio.

De vuelta a la cocina, se preparó una taza de café descafeinado y la bebió a pequeños sorbos.

Su llegada a Miami no podría haberse producido

148

en mejor momento. Eric acababa de ser devuelto de su última casa de acogida y esperaba, junto a varios cientos de niños, otro emplazamiento. Le había llevado varios días completar el papeleo, el estudio psicosocial y las investigaciones sobre sus antecedentes, pero, al fin, Eric era suyo.

Al principio, el niño se había mostrado silencioso y retraído. Sin duda pensaría que ese nuevo hogar sería tan temporal como los anteriores. Y ella no había intentado convencerle de nada. El muchacho necesitaba tiempo para aprender a confiar en ella.

Lo importante era que tenía un hogar. Gracias a la generosidad de Bella, ambos tenían un hogar.

Tras echarle un último vistazo a Eric, se fue al salón y se sentó. Las noches eran complicadas. Demasiado silencio. Echaba de menos a Piers y la amistad que habían desarrollado.

Casi se había quedado dormida cuando sonó el timbre de la puerta. Jewel se levantó enseguida para no despertar a Eric y miró a través de la mirilla. Nadie la conocía allí. Y no era propio de los servicios sociales hacer una visita a esas horas de la noche.

Lo que vio al otro lado de la puerta le dejó helada.

Piers. Ante su puerta, con expresión preocupada y aspecto descuidado.

Con dedos temblorosos descorrió el cerrojo y abrió un poco la puerta.

–Jewel, gracias a Dios –exclamó Piers–. Por favor, ¿puedo pasar?

La joven se aferró al picaporte. Ira, dolor, tanto dolor, surgió en su interior. ¿Qué más podría decirle ese hombre que no le hubiese dicho ya?

149

–No te preguntaré cómo me encontraste –ella abrió la puerta lo justo para poder verlo y para que él pudiera verla a ella–. Eso no importa.

Él alzó una mano suplicante e intentó interrumpirle, pero ella se lo impidió.

–No. Ya has dicho suficiente. Te permití decirme todas esas cosas, pero ya no toleraré ni una palabra más. Ésta es mi casa. Aquí no tienes ningún derecho. Quiero que te marches.

Algo sospechosamente parecido al pánico apareció en los ojos de Piers.

–Jewel, sé que no me merezco ni un segundo de tu vida. Dije e hice cosas imperdonables. No te culparía si no volvieras a dirigirme la palabra nunca más. Pero, por favor, te lo suplico. Déjame entrar. Deja que te explique. Déjame arreglar las cosas.

La desesperación en su voz la alarmó. La ira luchaba contra la indecisión y el deseo de dejarle pasar. Él la miraba con expresión torturada y, al fin, se hizo a un lado y abrió la puerta.

Piers entró de inmediato, la tomó en sus brazos y enterró el rostro entre los rubios cabellos.

–Lo siento. Lo siento mucho, *yineka mou*.

La besó en la sien, en la mejilla y luego, torpemente, encontró sus carnosos labios. Y la besó con tal emoción que la dejó perpleja.

–Por favor, perdóname –susurró Piers–. Te amo. Quiero que vuelvas a casa, con nuestro bebé.

–¿Ahora crees que es tuya? –ella se apartó de él y se sujetó a sus fuertes brazos para no caer.

–No me importa quién sea el padre biológico. Ella es mía. Y tú también. Somos una familia. Seré un buen padre. Lo juro. Por favor, dime que me darás otra oportunidad. No volveré a darte ningún motivo para abandonarme.

Piers le sujetó las manos entre las suyas con tal fuerza que los dedos se le pusieron blancos.

–Te amo, Jewel. Me equivoqué. Por completo. No me merezco otra oportunidad, pero te pido, no, te suplico, otra oportunidad porque no hay nada que desee más en el mundo que volver a casa contigo y con nuestra hija.

Ella lo escuchaba boquiabierta, intentando procesar la información. La amaba. Aún no estaba convencido de ser el padre. Pero tampoco le importaba no serlo.

En su garganta se formó un nudo. Qué difícil debía de haberle resultado aparecer ante su puerta, convencido de que la niña no era suya, pero deseándolas, aceptándolas, de todos modos.

Debería estar enfadada. Pero, los resultados habían confirmado los peores temores de Piers y, aun así, no le importaba.

Se había humillado ante ella, se había mostrado tan vulnerable como podía mostrarse un hombre. No tenía más que contemplar la sinceridad que emanaba de la negra mirada.

La amaba.

–¿Me amas? –necesitaba oírlo otra vez. Lo deseaba desesperadamente.

–Te amo, *yineka mou*.

–¿Qué significa eso?

–Significa, mi mujer –él sonrió.

–Pero me llamaste así la primera vez que hicimos el amor.

–Ya entonces eras mía –él asintió–. Creo que me enamoré de ti esa misma noche.

–¡Piers! –ella se lanzó en sus brazos con los ojos inundados de lágrimas–. Te amo.

Él tembló de emoción contra su cuerpo y deslizó las manos hasta la barriga. Cuando habló, lo hizo con la voz entrecortada.

–¿Cómo está nuestra hija?

–Es tuya, Piers –Jewel cerró los ojos–. Te lo juro. No me he acostado con ningún otro hombre. Sólo contigo. Por favor, dime que me crees. Sé lo que dicen los resultados, pero se equivocan.

–Te creo, *yineka mou* –él la miró a los ojos y tragó saliva con dificultad.

Ella volvió a cerrar los ojos y se abrazó a él con fuerza.

–Siento haberte hecho daño, Jewel. No volveré a hacerlo. Te doy mi palabra.

–Hay algo que debo contarte –dijo ella con calma.

Él se tensó y, lentamente, se apartó de su mujer mientras la miraba con incertidumbre.

–Será mejor que te sientes.

–Cuéntame lo que sea. No hay nada que no pueda solucionarse.

–Espero que no te enfades al saber lo que he hecho –ella sonrió.

–Lo solucionaremos. Lo que sea. Juntos, *yineka mou.*

–Vine a Miami en busca de Eric –ella le tomó las manos entre las suyas.

–¿Por qué? –Piers se quedó de piedra.

–Pensé que necesitabas cerrar esa puerta. Pensé que, si le veías feliz y contento, podrías conservar ese recuerdo y no el del bebé que chillaba y lloraba cuando su madre se lo llevó.

—¿Y lo encontraste? —preguntó él, su voz delatando la ansiedad que sentía.

—Sí —contestó ella con dulzura—. Lo encontré. Joanna lo abandonó hace dos años.

—¡Cómo! —la ira estalló como un volcán y Piers se levantó del sofá de un salto—. ¿Por qué no lo envió conmigo? Sabía que yo lo amaba. Sabía que lo acogería.

—No lo sé, Piers —Jewel sacudió la cabeza con tristeza—. Fue incluido en el programa de acogida.

—Hay que solucionarlo. No permitiré que siga así. No le sucederá lo que a ti, *yineka mou*.

—¿Cómo has sabido lo mío? —ella le acarició un brazo.

—Kirk me lo contó. Fui a San Francisco a buscarte. *Theos*, me arrepiento tanto de cómo te traté.

—Piers, Eric está aquí —dijo ella con dulzura.

—¿Aquí? —preguntó él estupefacto.

—Duerme en su cuarto —ella asintió—. Verás, no podía permitir que permaneciera en acogida. Busqué a Eric antes de abandonarte. Por eso entré en tu despacho aquel día. Iba a contarte que lo había encontrado. Pensé que podríamos volar los dos juntos a Miami a buscarle.

—Y yo te eché de mi lado —Piers cerró los ojos—. Y tú viniste sola para hacerte cargo de él.

—Está aquí, y necesita una madre y un padre.

—¿Lo harías? ¿Acogerías a un hijo que no es tuyo? —preguntó él.

—¿No es eso lo que piensas hacer tú? ¿No es eso lo que pensabas hacer cuando creías que nuestra hija no era tuya?

—Te amo, *yineka mou* —él la abrazó con fuerza—. No me vuelvas a dejar. Aunque me lo merezca.

–No lo haré –ella rió tímidamente–. Otra vez me quedaré y lucharé, como debía haber hecho. No te desharás tan fácilmente de mí.

–Me alegro –gruñó él–. Y ahora, vamos a ver a nuestro hijo.

Epílogo

–Es la niña más hermosa del mundo –dijo Piers con orgullo mientras mostraba a Mary Catherine, de seis semanas, a sus hermanos para que la admiraran.

–Eso lo dices porque Marley va a tener otro chico –protestó Chrysander.

–Escuchadles –protestó Bella–. ¿Por qué los bebés vuelven a los hombres tan blanditos?

–Pensaba que era el sexo lo que hacía eso –apuntó Marley con malicia.

–Bueno, eso también –rió Jewel.

Eric estaba junto a los hombres Anetakis mirando, inmensamente orgulloso, a su hermanita.

La adopción de Eric se había formalizado dos semanas antes del nacimiento de Mary Catherine. Una semana después, Piers había recibido una llamada urgente del laboratorio que había realizado la prueba de paternidad. En efecto, le informaron, había habido un trágico error y los resultados se habían confundido con los de otra persona. Piers se había sentido nuevamente horrorizado por haber descargado su ira sobre Jewel, pero ella le recordó que mucho antes de conocer el resultado correcto ya había aceptado su palabra sobre la legitimidad de su hija. Y eso bastaba.

Bella había señalado acertadamente que lo único que tendrían que haber hecho era esperar al nacimiento de Mary Catherine, pues nadie en su sano juicio dudaría de su origen Anetakis.

En efecto, tenía el cabello y los ojos oscuros, junto con la complexión olivácea de su padre. Era, en todos los sentidos, Piers en miniatura.

Jewel contempló a su familia, reunida en la casa de la colina sobre el mar. Había tanta felicidad allí. En algunos momentos le costaba creer que todo aquello fuera suyo. Que tenía una familia. Que pertenecía a alguien.

–Me gustaría proponer un brindis –dijo Chrysander mientras alzaba su copa–. Por las esposas Anetakis. No me cabe la menor duda de que nos mantendrán en guardia hasta una edad bien avanzada.

–Eso, eso –Theron se unió al brindis.

Piers se volvió hacia Jewel con una sonrisa y ella se puso en pie a su lado. Juntos contemplaron al bebé en brazos de su padre mientras ella abrazaba a Eric contra su cuerpo.

–A mí también me gustaría proponer un brindis –dijo Jewel–. Por Bella. Para que llene la casa de Theron de niñas tan hermosas y descaradas como su madre.

–Cierra el pico –dijo Bella, aunque sus ojos brillaban alegres.

–Que Dios me ayude si eso llega a producirse –Theron abrazó a su esposa–. El mundo ya tiene bastante con una Bella.

–A mí me gustaría proponer un brindis por el amor y la amistad –dijo Marley.

–Por el amor y la amistad –repitieron ambas a coro.

Deseo™

Mujer de rojo

YVONNE LINDSAY

Sensual, elegante, sofisticada... La mujer que Adam Palmer se encontró en el casino era la tentación vestida de rojo. Y, para su sorpresa, no era ninguna extraña.

El magnate neozelandés no sabía que su ayudante personal tuviera ese lado tan seductor, ni que conociera a uno de sus mayores rivales.

Sólo había una solución para satisfacer su curiosidad y su ardiente deseo de poseerla: convertir a Lainey Delacorte en su amante. Y pretendía descubrir también qué otros secretos había estado escondiendo su secretaria... fuera y dentro del dormitorio.

Una sirena con piel de secretaria...

Acepte 2 de nuestras mejores novelas de amor GRATIS

¡Y reciba un regalo sorpresa!

Él pretende ascender a su secretaria, ella quiere otra cosa…

La sencilla Emma Stephenson no era una secretaria despampanante, pero para Luca D'Amato, mujeriego empedernido, conquistarla se convierte en su juego preferido.

La sensata Emma creía que lo único que iban a compartir era el despacho… ¡no la cama! Pero pronto se da cuenta de lo que significa realmente ser la secretaria de Luca.

Un jefe apasionado

Carol Marinelli

Deseo™

Un trato muy especial

LEANNE BANKS

Cuando Michael Medici vio a la bella camarera del cóctel bar, movió ficha. Una extraordinaria noche después, supo que quería más de Bella St. Clair. Por desgracia, acababa de comprar la empresa de su familia, y ella lo despreciaba.

En el vocabulario de un Medici no existía la palabra "no", así que le hizo a Bella una oferta que ni la mujer más orgullosa habría podido rechazar: si era su amante, recuperaría la empresa. Ella accedió a la proposición, pero se negó a rendirse a la norma de que no habría sentimientos de por medio. ¿Sucumbiría el atractivo millonario al deseo oculto de su corazón?

Nunca había conocido a una mujer a la que no pudiera tener